徳間文庫

斬馬衆お止め記 下

破《は》矛《ぼう》

上田秀人

徳間書店

目次

第六章　大名の厄

一

大川の水を引きこんで堀としている江戸城は、ときどき底を浚《さら》わないと流れ込んできた砂で浅くなった。

「急がずともよい。事故のないようにな」

春とはいえ、まだ水は冷たい。堀に浮かべた船の上から身を乗り出して作業している人足へ、木村縫殿之助《きむらぬいどのすけ》が声をかけた。

寛永十五年（一六三八）新春早々、松代《まつしろ》藩真田《さなだ》家は幕府からお手伝いを命じられた。江戸城の惣堀《そうほり》浚いであった。

お手伝いとはいっても名前ばかり、幕府は何一つしてはくれなかった。人も金もすべて真田が用意しなければならなかった。

いや、それならばまだよかった。幕府は普請奉行を監督という名目で出し、真田の失敗を見張っていた。

「底まで下ろせよ」

親方が念を入れた。

「へえい」

応じた人足が、長い竹の先に籠《かご》をつけた道具で、堀の砂を浚って引きあげる。不安定な船の上に立っての作業である。少し体勢を崩しただけで、人足は堀に落ちる。万一、人足が溺れでもしたら、真田の責任となった。

「将軍家のお堀で人死にを出すなど、許されがたいこと。この始末をどうするか」

難癖でしかないが、幕府に言われれば、それまでであった。

藩主の登城停止、謹慎ですめばよかった。ことと次第によっては、転封《てんぽう》、減禄になることもあった。

大名にとって、お手伝い普請は、金だけでなく心まで遣う厄災でしかなかった。

「ご家老さま」

親方が近づいてきた。

「この調子じゃはかどりやせんが、よろしゅうございますか」

「かなり延びそうか」

木村縫殿之助が、問うた。

「当初の予定より、十日はかかりそうで」

すまなさそうに親方が言った。

「十日か」

小さく木村縫殿之助はため息をついた。

一人分の人足代は二百文ほどだが、江戸城の惣堀をやるとなれば、かなりの人数を使う。一日違うだけで何十両から変わってくるのだ。

十三万石の松代藩の年収は金になおせば五万両ていどでしかない。そこから藩士の知行を出した残りで、国元と江戸の費用をまかなえば、ほとんど残らなかった。

十日延びれば出費は百両をこえる。

「当初の支払い予定が、二千四百両。それが二千五百両か」

「申しわけございやせん」

頭をさげて親方が詫《わ》びた。

「金ではない。お手伝いは御上へのご奉公でござるぞ。まちがわれるな」

横から口を出したのは普請奉行であった。

「承知いたしておりまする」

普請奉行へ黙礼した木村縫殿之助は親方へ向きなおった。

「いや、金はなんとかいたそうほどに、しっかり頼むぞ」

「へい」

親方が去っていった。

「しばし、ごめんくだされ」

近づいてくる人影に気づいた木村縫殿之助は、普請奉行へ声をかけて歩き出した。

「ご執政どの」

「新無斉か」

他人目《ひとめ》を避けるように、少し離れたところで足を止めたのは、真田家神祇衆《じんぎしゅう》の頭を務める飯篠《いいざさ》新無斉であった。

「どうだ」

「今のところは」

木村縫殿之助の問いに、飯篠新無斉が小さく首を振った。

「大炊頭《おおいのかみ》が、このまま見逃すとは思えぬ」

「でございましょうな」

飯篠新無斉も同意した。

大炊頭とは、老中筆頭土井大炊頭のことだ。徳川家康の隠子《かくしご》とも噂され、二代将軍秀忠の施政を支えた。

「天下とともに大炊頭を譲る」

家光との代替りのおり、秀忠にそこまで言わしめたほどの能吏であった。

土井大炊頭と真田の間には確執があった。

ことは関ヶ原までさかのぼる。石田三成の挙兵を聞いた家康は、軍を三つに分けた。石田三成に同心している上杉景勝《かげかつ》らから江戸城を護《まも》る留守部隊と家康自らが率いて東海道を上る本隊、秀忠が指揮する中山道《なかせんどう》進軍隊であった。

問題は秀忠の中山道隊で起こった。

中山道には、西軍である石田三成に与《くみ》した真田信之《のぶゆき》の父昌幸《まさゆき》と弟幸村《ゆきむら》が籠《こ》もる上田城があった。

秀忠が率いるのは、猛将榊原《さかきばら》式部太輔康政、謀将本多佐渡守正信らと三万の旗本であり、対する真田は三千に満たない寡兵と、端《はな》から勝負にならないはずだった。

いや、真田の抑えに五千ほど割《さ》いて、秀忠一行は先へ進むべきであった。関ヶ原で、徳川と豊臣が新たな天下の主を賭《か》けた決戦がおこなわれるのだ。少しでも兵力は欲しい。

しかし、家康の跡継ぎというには手柄のない秀忠は途上にある西軍の小城、上田城へこだわった。

「なんの真田ごとき、ひともみに潰《つぶ》せ」

秀忠は攻略を命じた。

かつて徳川は、真田昌幸からあしらわれた経験があった。

徳川と北条に起こったもめ事の和解として、昌幸の沼田が取りあげられることになったのだ。

「先祖が血を流して得た土地を、渡せるものか」

昌幸は、家康の命令を蹴《け》った。

面子《メンツ》を潰されたにひとしい家康は、まず鳥居元忠らに七千の兵を預けて沼田を攻めさせた。

「ござんなれ」

昌幸は三千の兵を縦横に使って徳川軍を翻弄《ほんろう》、大敗した鳥井元忠は江戸へ逃げ帰った。

「おのれ」

激怒した家康は、さらなる大軍をもって侵攻したが、地の利を利用した昌幸の策に、むなしく兵を退《ひ》くしかなかった。

偉大なる父家康でさえ歯が立たなかった真田を倒し、次男を押しのけて三男の己が徳川の跡継ぎとなる。異論を封じるだけの実績をあげようとした秀忠は、沼田にこだわった。

しかし、昌幸は、息子に父をこえさせなかった。

三万の大軍を三千で散々に打ち破り、昌幸は秀忠を足止めした。

「さっさと兵を進めよ」

家康に急かされて、ようやく沼田を離れた秀忠だったが、関ヶ原へついたとき、とっくに決戦は終わっていた。

「目通りを許さず」

三日遅れた息子に家康は激怒した。

戦勝に浮かれる徳川にあって、秀忠の中山道隊に加わった者たちは、うつむくしかなかった。

そのなかに土井大炊頭もいたのだ。

「戦場でかかされた恥は、槍《やり》で取り返すのが侍の作法であろうに」

木村縫殿之助は、大きく嘆息した。

「今は、槍より金で戦う世でございまするゆえ」

飯篠新無斉が受けた。

「普請場の警衛は頼むぞ」

「神祇衆を配しておりますれば、御懸念なく」

しっかりと飯篠新無斉がうなずいた。


深夜、惣堀に小さな波紋が浮いた。

なかから忍頭巾が現れた。

周囲をゆっくりと確認した忍頭巾が、音もなく泳ぎ出した。

堀際には、作業で使われた船がつながれていた。

「…………」

音もなく船に乗り込んだ忍が、横たえられていた竹竿《たけざお》に懐《ふところ》から取りだした小さな刃物を当てた。

「傷ものにされては困る」

背後から声をかけられた忍が、振り向きざまに手にしていた刃物を投げた。

「見事な反応だとほめてやろう」

わずかに首を傾けただけで、刃物をかわしたのは、神祇衆飯篠新無斉の娘霞《かすみ》であった。

「竿に筋を刻んで、作業中に堀の深さを測ろうとしたかったのだろうが、そうはいかぬ」

「真田の戸隠巫女《とがくれみこ》か」

「古い名前で呼んでくれるな。我らは真田の神事をつかさどる神祇衆。真田にまとわりつく汚《けが》れを祓うのが任」

霞が冷たく言い返した。

「ちょうどよい。お前を殺して堀に浮かべてくれよう。恨み重なる戸隠巫女を始末したうえ、真田に傷をつけられる。一挙両得とはこのことだ」

忍が、不意に跳んだ。空中で棒手裏剣を霞目がけて続けざまに撃った。

「馬鹿が」

霞が舞うような足さばきで、避けた。

棒手裏剣は鉄棒の先をとがらせただけのものだ。重さもあり、当たれば致命傷を与えるだけの破壊力をもつが、まっすぐ飛ばすことしかできなかった。

「しゃっ」

堀のうえまであがった忍が、忍刀を抜いて斬《き》りかかった。

「直の動きは疾《はや》いが、読みやすい。伊賀は戦国の世から変わっておらぬな」

かわしながら霞は鼻先で笑った。

「技を繰り返すだけで、いつまでも通用すると思うな」

突き、薙《な》ぎをあしらいながら、霞はようやく懐から守り刀を出した。

「そのようなもので、防げるとでも」

真っ向から伊賀者が忍刀を振り落とした。

「…………」

左足を引いて半身になった霞の一寸（約三センチメートル）先を忍刀が過ぎた。

「受け止めると言った覚えはないぞ」

合わせて右足を大きく踏み出しながら、手に握った守り刀を霞は突き出した。

「ぐえっ」

心の臓を貫かれて伊賀者が死んだ。

守り刀を抜かず、倒れた伊賀者の身体《からだ》を霞は探った。

「なにもってはおらぬか」

髷《まげ》までほどいた霞が嘆息した。

「晒《さら》すしかないか」

霞は、死んだ伊賀者の身体を堀際に植えられた松の木へくくりつけた。堀のなかは普請の間真田の管轄であるが、陸地は別である。

「返してもらおう」

ゆっくりと霞は守り刀を抜いた。すでに心の臓は止まっている。血はまだ固まっていないが、どろりと流れるだけで、飛び散るほどの勢いはなくなっていた。

「伊賀のどこに属しているか……」

つぶやいて霞は闇へと溶けた。


死体は日が昇ると同時に発見された。江戸城諸門の警衛にあたる大番組同心が、石垣の見回りへ出たところで、異変に気づいた。

「目付どのを」

江戸城非常の際の指揮は、宿直《とのい》している目付が執る。

「なにをしている。さっさと死体を下ろさぬか。万一上様の目に止まりでもしたらどうするか」

臨場した目付が怒鳴《どな》りつけた。

三代将軍家光は、先代秀忠と違い活発に過ぎた。江戸城下へ出ることを好み、暇さえあれば天守閣へ登って、あたりを眺めるのを楽しみとしている。江戸城の中央から、惣堀までかなり離れているが、遠眼鏡などを持ち出されれば、見ることはできる。

「はっ」

叱られた徒《かち》目付たちがあわてて縄を切り、伊賀者の死体を下ろした。

「そなたたち、筵《むしろ》を持って目隠しをいたせ」

死体などという不浄なものを江戸城内へ持ち込むことはできない。かといって大番屋へ運べば、町奉行所と管轄のことでぶつかることになる。目付は、現場で検死をおこなうことにした。

「忍か」

手にしていた竹の鞭《むち》で目付が、死体をつついた。

「どこの忍か、わかるか」

「わかりませぬ」

徒目付たちが首を振った。

「脱がせよ」

目付の命を受けて、徒目付が忍装束に手を掛けた。

「どうなっておるのやら」

忍装束は数カ所のひもをほどくだけで、上も下も外せるようになっているが、初見では、どこをどうするかわかるはずもなかった。

戸惑う徒目付を目付が叱った。

「切ればよいであろうが」

「はっ」

急いで徒目付が脇差を抜いて、忍装束を裂いた。

「心の臓を一撃か」

青白い死体の胸に、くっきりと刃物の跡が残っていた。

「太刀ではなさそうだな。大きさが違う」

眉《まゆ》をひそめながら、目付が死体をあらためた。

なにごとかと集まってきた野次馬のなかに、一人違った雰囲気を身にまとった男がいた。

「三郎太……」

小さく男がつぶやいた。

「かならず仇《かたき》は討つ。成仏しろ」

男は懐から小さな袋を出すと、すばやく投げつけた。

袋は死体の上で火を噴き、顔を焼いた。

「う、熱いっ」

顔をやけどした目付が、叫んだ。

「な、なんだ」

筵に燃え移った火を、徒目付たちがあわてて消しにかかる。あたりは騒然となった。

「…………」

騒ぎに紛れて現場を離れた男を、霞は見逃さなかった。

一見、御家人あるいは大名の家臣といった風体の男は、朝の江戸でもっとも目立たない存在である。

男はときどき店の前で足を止めて、商品を見るような態度をした。

「用心しているつもりか」

町娘の姿へと変わった霞は、小さく笑いながら、うまく人陰にまぎれて後を付けた。

「やはり四谷か」

男は四谷にある伊賀組屋敷へと消えていった。

「問題はどの伊賀組かなのだが」

さりげなく通りすぎながら、霞は独りごちた。

伊賀組は四つに分かれていた。大奥の守護をする御広敷伊賀組、住人のいなくなった屋敷を管理する明屋敷伊賀組、城中の小さな修理を担う小普請伊賀組、江戸城の裏手門を管理する山里伊賀組である。

もとは一つであった伊賀組は、幕府へ反したことで解体、それぞれ別の組として再編されていた。

「山里伊賀組は、松平伊豆守がもとにある」

真田の屋敷を襲ってくれたのだ。その正体を神祇衆はしっかりと把握していた。

「御広敷伊賀組は大奥と御用部屋が握っている」

伊賀組でもっとも大きいのが、御広敷伊賀者である。大奥の警備と外出する奥女中の供を任とする御広敷伊賀者には、六十四人が配されている。それに比して、山里伊賀者は九人と勝負にならない人数である。他の伊賀組も御広敷伊賀者からすると、微々たる数しかいない。

「父に報告するか」

霞は真田家上屋敷へと戻った。

「山里伊賀者と考えるのが、妥当ではあろう」

聞いた飯篠新無斉が腕を組んだ。

「しかし、今の山里伊賀者に人を出すだけの余裕はあるまい」

「はい」

「となれば、御広敷伊賀者と考えるべきか」

「わたくしはそう思いまする」

父飯篠新無斉の意見に、霞も同意した。

「砂浚いの竹に、目盛りを刻むなどという陰湿なまねは、まだ年若い松平伊豆守にはできまい。土井大炊頭あたりの考えつきそうなことじゃ」

吐き捨てるように飯篠新無斉が言った。

「執念深いことでございまするな」

霞はあきれた。

「どうしても己の目の黒いうちに真田を潰してしまいたいのだろう」

「これは、殿」

「このようなところへ」

苦笑しながら入ってきた藩主真田伊豆守信之に、二人があわてて平伏した。

「よい。気を遣うな。もう半隠居の身じゃ」

真田信之が、飯篠新無斉から譲られた上座へ腰を下ろした。

信州松代初代藩主真田信之は、戦国きっての謀将真田昌幸の嫡男である。関ヶ原で父と袂《たもと》を分かち、徳川家康についたことで命脈を保っていた。

しかし、その信之も齢《よわい》七十をこえている。藩内のことは、徐々に次男信政へ任せ始めていた。

「信吉が生きておればのう」

小さく信之が嘆息した。

元和《げんな》二年（一六一六）、信之の上田転封にともなって、沼田三万石の主となった信吉は、父の後を引き継いで良政をおこない、将来を嘱望されていた。しかし、寛永十一年（一六三四）信吉は四十の若さで死去してしまった。

元和八年（一六二二）藩内において一万七千石を分知され、別家を立てていた次男信政は、早世した兄の後を継いだ甥《おい》熊之助の後見として沼田の内政を見るなど、多忙であり、信之もまだ松代藩のすべてを譲るわけにはいかなかった。

「殿」

飯篠新無斉が頭を下げた。

信吉の死は、真田に大きな衝撃であったが、家中を揺るがす騒動にはならなかった。跡を継いだ信政が、幕府にとってつごうのよい相手であったからである。信之は、徳川家康の養女を妻としていた。そして、信政はその養女が産んだ子である。

対して信吉は側室腹であった。

家康の義理孫にあたる信政こそ、徳川の血筋をなによりとしている幕府にとって、真田の跡継ぎとして望ましかった。信吉がいなくなったことは、幕府にとって邪魔の消失でしかない。幕府は信吉の死をあっさりと受けいれ、信政への相続を認めた。

「すまぬ。老いの繰り言じゃ。聞き逃してくれよ」

信之が詫びた。

「いえ。お守りできなんだは、神祇衆の責めでございまする」

首を振って飯篠新無斉が詫びた。

神祇衆は、戸隠神社の歩き巫女を先祖とする。甲斐《かい》と信濃の争いで荒廃した戸隠神社を真田昌幸が庇護《ひご》した。もちろん、関所で止められることなく、全国へ札を売り歩く権利を持つ歩き巫女たちを細作《さいさく》として使うためであったが、滅びる寸前であった戸隠神社の神人たちにとって、大きな救いだった。

戦国は徳川家康による幕府樹立で終わりを告げ、役目も終わったが、歩き巫女たちは、神祇衆と名を変えて、真田に仕え続けていた。

「我らの役目は、お血筋を守ることでございまする。信吉さまをお助けできなかったことは、神祇衆の落ち度。信吉さまをお匿《かくま》いすることなど、容易でございましたのに」

「あれは病死じゃ。病死でなければならぬのだ。信吉が弱かっただけよ。哀れとは思うが、生きていれば信吉は真田の傷となったであろう。そのことに信吉は気がつかなかった。我が父昌幸が、なんのために命をかけたかを、理解できていなかった。いや、気づいたからこそ……」

最後まで信之は言えなかった。

「新無斉よ。戦《いくさ》はまだ終わっておらぬのだ。たしかに刀槍《とうそう》をぶつけ合う戦いはもうない。かわりに謀《はかりごと》を使った生き残りが始まったのだ。信吉は、新しい争闘に敗れた。ただそれだけのことじゃ」

「殿……」

辛《つら》そうに新無斉が声を掛けた。

「死んだ者の歳《とし》を数えてもいたしかたない。我らは生きている者を護り、次代へと真田の血を残さねばならぬ。そのことに心を砕け。信吉へのわびは、儂《わし》が鬼籍に入ったときにする。そなたたちは、戦え」

「はっ」

新無斉と霞が平伏した。

「そういえば霞、仁旗《にき》はどうしておる」

信之が訊《き》いた。

「あのまま信政さまへついておりまする」

霞が答えた。

「そうか。そなたの目から見て、どうだ、これからも使えそうか」

「斬馬刀《ざんばとう》の間合いを計られるまでは、役に立ちましょう」

迷うようすもなく、霞が述べた。

霞の言う斬馬刀とは、戦国時代本陣へ突っこんでくる騎馬を止めるために作られた大太刀のことだ。刃渡り七尺（約二・一メートル）、柄《つか》までの全長はじつに一丈（約三メートル）をこえ、一人ではまともに抜くことさえできないが、当たれば鎧《よろい》武者を両断するだけの威力があった。

尋常でない長さをもつ斬馬刀の間合いは、通常の太刀をはるかに凌駕《りょうが》していた。いや、誰にも正確な間合いはわかっていなかった。

斬馬刀と戦った者などもういないのだ。どれほどの疾さが出るのか、一撃の重さはどうなのか、誰も知らない武器なればこそ、信之は屋敷を襲い来る忍へ対抗する手段として利用した。実際、中屋敷を襲った山里伊賀組は、斬馬刀の間合いを読みまちがえて、次々と屠《ほふ》られていった。

「ふむ。せいぜいあと一度か」

「おそらく」

信之の推測に霞も首肯した。

「まあいい。主君を護るのが、藩士の仕事。御前で死ねれば、本望であろう」

「…………」

新無斉も霞も無言であった。

「土井大炊頭が死ぬまで。まずはそこまで耐えればいい」

「やりまするか」

低い声で新無斉が言った。

「あれでも、神君家康さまの子じゃ。そう簡単にはいかぬ」

「いつなりともお申し付けくださいませ」

新無斉が述べた。

二

仁旗伊織《いおり》は、真田家斬馬衆の一人である。数少ない斬馬刀を預けられ、本陣に突っこんでくる敵の騎馬武者を迎え撃つ斬馬衆は、真田家のなかでも武に優れたと認められた者が命じられる役目で、身分としては馬廻り上席を与えられている。

しかし、泰平の世に斬馬衆は不要、十人をこえていた斬馬衆も減らされ、今では江戸と松代に一つずつの、たった二家だけとなっていた。

「かなり傷が入ったな」

座敷で斬馬刀をあらためて、伊織はため息をついた。

「いたしかたございませぬ。戦いに使用したのでございますからな」

鞘持《さやも》ちの弥介《やすけ》がなぐさめた。

一人では抜くことのできない斬馬刀を預かる斬馬衆には、鞘持ちと呼ばれる足軽がつけられていた。

「しかし、研ぎに出すわけにはいかぬ」

斬馬刀に代わりはなかった。

戦国の終わりを告げたかった幕府が、大太刀の作製を禁止したのだ。

「はい。なれど、このままというわけにはまいりませぬ。ふたたび戦いとなったとき、刃の欠け、刀身の曲がりがあっては、まともに使うこともかないませぬ」

弥介が告げた。

「うむ。できるだけの手入れをいたそう」

伊織が、斬馬刀の峰を下にして水平に構えた。

「肩入れ申し候」

白木綿の布を折って肩にのせた弥介が、刃の下へ身を入れた。

「置くぞ」

ゆっくりと伊織は、太刀を弥介の肩へのせた。

斬馬刀の重さは五貫（約十九キログラム）もある。とても一人では水平に保持することなどできなかった。

「研ぎを始めよ」

「承って候」

弥介が、拍子木ほどの大きさをした砥石《といし》を二つ、挟むようにして刃にあてた。

「……………」

無言で弥介が砥石を切っ先からゆっくりと鍔《つば》もとまで滑らせた。

腰を曲げて膝《ひざ》だけで、弥介は何度も前後に動き、斬馬刀の刃を研いだ。

「やや右に曲がったか」

研ぎを見つめていた伊織は、斬馬刀の曲がりに気づいた。

「のようでございまするな」

弥介も同意した。

「鞘がやられてしまったゆえ、曲がりの確認ができぬ」

伊織は、大きく息をついた。

屋敷へ戻る信政の行列が襲撃されたおり、伊織は駕籠《かご》を狙った攻撃を防ぐため斬馬刀を使い、鞘を割っていた。

「少し戻しましょうや」

曲がりを正そうかと弥介が訊いた。

「いや、やめておこう。下手《へた》にゆがめてしまっては、かえって弱くなる。受けたときに折れでもしたら、ことだ」

「鞘代わりはいかがいたしましょう」

「それよな」

弥介の問いに、伊織は渋い顔をした。

鞘を失った太刀は、抜き身のままで持つしかなくなった。短刀でさえ、裸で携帯すれば、己を含め人を傷付けることがある。まして、人の身の丈より長い斬馬刀の危険さは、口にするまでもなかった。

「このまま持ち歩くことはできぬ」

なにより、白刃むき出しのまま歩けば、目立つことこのうえない。

「屋敷から出すわけにいかぬとなれば、守りにだけしか使えませぬ」

研ぎ終えた刃を鹿皮でこすりながら、弥介が言った。

「若殿の警護に斬馬刀を使えぬとなれば、吾がお供する意味はない」

信政には、何人もの近習《きんじゅ》や馬廻りがついている。それぞれ、藩でも知られた剣の名手ばかりであった。

本陣の守りであった経緯から代々上屋敷に詰めるのが決まりである斬馬衆は、藩内の勢力とかかわらなかった。いや、完全に忘れられていた。このたびの一件でも、藩主信之の命がなければ、伊織は信政の警護に加わることはできなかった。

「情けないことを」

案内も請わず、霞が入ってきた。

霞は、忍と戦ったことのない伊織のため、信之から遣わされた教育役であった。

「……霞どのか」

斬馬刀を、伊織は右脇に横たえた。

「戦場で斬馬刀が折れたらどうするつもりだ」

きびしい声で霞が問うた。

「斬馬刀は、どれほど貴重であろうとも、武器でしかない。武器はどれほど優れていようとも、人があつかわぬ限り役に立たぬ。鉄炮でも人が撃たねば、あたらぬのだ。戦うのは道具ではない。人ぞ」

「そのとおりだが……」

霞の叱咤《しった》を伊織は受け入れることができなかった。

「たしかに斬馬衆には、斬馬刀を失ったおりの対処も伝えられてはおる。折れたあるいは、曲がった斬馬刀を地に突き立て、それを背にし、太刀を構える。騎馬武者を決してとおさぬ、一歩も退《ひ》かぬ覚悟で敵にあたる。ただ、これは戦場での話。江戸では無理じゃ」

伊織は首を振った。

背後に多くの兵たちが整然と陣を構築していればこそ意味のあることなのだ。行列ていどの人数で、必死の陣を一人で敷いても、無駄死にでしかなかった。なにより、行列の警衛は、藩主信之、あるいは若殿信政を無事に屋敷まで連れ帰ることが目的であり、襲われれば、なるべく早く安全な場所まで移動しなければならない。その行列から一人離れて、背水の陣だといったところで、相手にされるわけもなかった。

「情けないことよな。それで武名高き斬馬衆といえるのか」

「できぬことをできるとうそぶくよりましであろう」

ののしる霞へ、伊織は言い返した。

「どうあっても戦えぬと」

「戦えぬと申しておるのではない。拙者が行列の供をする意味がないと言っておるのだ。剣の腕だけならば、はるかに上手な方が、何人もおられよう。斬馬刀があればこそ、拙者でもお役に立てた。それがなくなった今、他のお方を推されるべき」

伊織ははっきりと告げた。

「なるほど」

小さく霞がうなずいた。

「伊賀者、戦陣坊主と争って、怖《お》じ気《け》づいたかと思ったのは、早計であった。ふむ。しっかりと戦場を理解している。さすがに真田でその武勇を知られた斬馬衆。これならば、我が身を任すに不足はない」

「なんと言われた」

霞の言葉に、伊織は首をかしげた。

「いや、気にするな。もう一度訊く。斬馬刀さえ持ち出せれば支障はなくなるのだな」

「そうだ。拙者が真田を狙う者たちと対峙《たいじ》するには、斬馬刀が必須」

確認に伊織は首肯した。

「承知した」

すばやく霞が立ちあがった。

「鍛錬を怠られるなよ」

一言残して霞が去っていった。

「道場へ行ってくる」

霞に言われる前から伊織は、道場へ顔を出すつもりであった。

「だいじございませぬのか」

弥介が気遣った。

伊賀者と戦い、何人も斬ったのだ。伊織の顔は知られている。敵側にしては、伊織ほどの邪魔はないのだ。一人きりのところを襲ってこないとの保証はなかった。

「屋敷にいても同じだ。若殿さまの居場所があれだけあっさり知られてしまったのだぞ。藩内に敵へ通じている者がおる。どこももう安心できる場所はない。ならば、同じではないか。それより、弥介、そなたも油断するな」

「……はい」

伊織の言葉に弥介が緊張した。

弥介は藩からつけられた斬馬衆介添え役という名の足軽である。伊織の家臣ではないが、斬馬刀の鞘持ちという特殊な役目柄、仁旗家とともに代を重ねてきた。子供のころから一緒にいることで、互いの呼吸を合わせ、一人では抜くこともできない斬馬刀を、使いこなすのだ。どちらが欠けても、戦いにならないうえ、補充もきかないのである。弥介に万一があれば、斬馬衆の力はなくなったにひとしい。

「いってらっしゃいませ」

弥介に見送られて、伊織は屋敷を出た。

「肚《はら》が据わっておるのか、なにも考えていないのか」

歩いて行く伊織を、屋敷の屋根から霞が見下ろしていた。

「ふん」

霞が鼻を鳴らした。

少し遅れて、一人の藩士が伊織の後を付け始めた。

「あれは、沼田真田家の御使者番三藤右馬介《みとううまのすけ》ではないか」

すぐに霞は相手に気づいた。

「あやつも草か」

霞の目が細くなった。

草とは、幕府から主に外様《とざま》の藩へ送りこまれた隠密《おんみつ》である。普段は藩士として仕え、失政の証拠を探ったり、幕府の命を受けて騒動を起こしたりする。

多くは関ヶ原の合戦以降、浪人者の体で仕官を求めてきたり、知り合いの大名を通じて推薦されてきたりした者だが、なかには幕府から雇えと押しつけられる場合もあった。

「仁旗を襲えるほどの腕ではなさそうだ。どこへ報せるか、それだけ確認せねばならぬな」

腰の動きを見れば、どのていど修行を積んだかは一目瞭然《いちもくりょうぜん》である。

「伊賀はおらぬか」

忍が経験したことのない大太刀との戦いは、伊織の圧勝で終わった。当然、伊賀者としては、伊織への対策を考えざるをえない。神祇衆は、伊織を餌《えさ》に伊賀者の動向を探っていた。

霞は十分な注意を払いながら、三藤の後を追った。

三

伊織が剣を学んだ神道《しんとう》無念《むねん》流郡《こおり》道場は、江戸のはずれ高輪にあった。諸大名の下屋敷、寺院が建ち並ぶ片隅で、農家を改造した道場を営む郡軍太夫《ぐんだゆう》は、代々の剣術遣いである。生まれたときから、先代の道場主である父からきびしく鍛えられ、長じてからは諸国武者修行をなんどもおこなった手練れであった。だけに、仕官した経験や、諸藩邸への出稽古をしたことがなく、世渡りはあまりうまくはなかった。

「まめだの」

迎えた軍太夫が笑った。

出世のない斬馬衆の当主となった伊織は、先に希望を失い、一時、剣の修行から逃げていた。

「はあ」

伊織は苦笑した。

役目として戦いに挑むこととなった伊織は、ふたたび剣の修行を始め、暇があれば道場へかよい、軍太夫の指導を受けるようにしている。

「どうした、覇気がないぞ」

軍太夫は、すぐに見抜いた。

「大太刀なしで戦うには、どうすればいいのか、ちと悩んでおりまする」

正直に伊織は告げた。

「……大太刀なしでか」

聞いた軍太夫の目つきが変わった。

「不安か」

「はい」

霞の前では言えなかった本音を、伊織は漏らした。

「ついてこい」

軍太夫が、道場へと伊織を誘《いざな》った。

「身を清めませぬと」

「あとでいい」

道場へ入る前の儀式として、水を頭から浴びる清めをおこなうのが決まりであった。それを軍太夫は無視した。

「大太刀の木刀を」

「はっ」

言われて伊織は、道場の壁に掛けられている木刀を二本手にした。大太刀を模した木刀は、長さ九尺（約二・七メートル）、先端と中央に金輪をはめ、斬馬刀にはおよばないが、三貫（約十二キログラム）近い重さがあった。

「…………」

無言で木刀を受け取った軍太夫が、道場の中央へと進んだ。

「そなたは、普通の木刀を使え」

軍太夫が命じた。

「はい」

伊織は大太刀の木刀をもとの場所へ戻すと、木刀を手にして軍太夫の前へ立った。

「大太刀の戦いをまず見直せ」

そう言うと軍太夫が、大太刀をまっすぐに立てた。

重い大太刀を青眼に構えることはできなかった。少しくらいならば、青眼を維持できても、腕にかかる重量は普通の太刀に比べて数倍あるのだ、すぐに疲労がたまり、動きの出が鈍くなる。

大太刀の基本は、切っ先で中天を指すよう、まっすぐに構える。

師軍太夫の構えを見て、伊織は青眼にとった。

「来い」

軍太夫が命じた。

剣術の稽古は、目下から動くのが礼儀であった。

「…………」

伊織は、無言で動いた。

大太刀の間合いは広い。太刀の間合いがおよそ一間《けん》半（約二・七メートル）から二間（約三・六メートル）であるのに対し、大太刀は三間（約五・四メートル）から四間（約七・二メートル）あった。

つまり、伊織が軍太夫に一撃を当てるには、少なくとも一間（約一・八メートル）以上、相手の間合いに踏み込まなければならないのだ。

一気に飛び込む愚を伊織はおかさなかった。

大太刀の恐ろしさは、間合いだけではなかった。振り下ろすときの疾さと威力こそが、恐怖であった。

重い大太刀は、動き出せばその自重を味方にして、すさまじい速度を発揮する。木刀の倍近い疾さを出す。よほど筋を読んでいなければ、まずかわすことは難しかった。かわせないならば受けてしまえばいいとの考えは、甘すぎた。落ちてくる大太刀をまともに受ければ、太刀は折れる。これは、木刀同士でも同じであった。伊織が慎重になるのも当然であった。

「儂が疲れるのを待つつもりか」

なかなかかかってこない伊織を、軍太夫が叱った。

「……………」

挑発にも伊織は応じられなかった。

軍太夫の身体から出る気を、伊織の脳裏は危険だと警告していた。

「なればこちらから行くぞ」

するすると無造作に軍太夫が間合いを詰めた。

「くっ」

あわてて伊織は後ろに跳んだ。

「わかったか」

足を止めた軍太夫が訊いた。

「えっ」

伊織は、間抜けな返事をしてしまった。

「情けなき奴め」

軍太夫が嘆息した。

「もう一度見せてやる。それで悟れなければ、そこまでの器しかなかったとあきらめよ」

冷たく軍太夫が言い、ふたたび間合いを詰めた。

大太刀の間合いに入ったところで、伊織は圧迫に耐えかねて、やはり下がってしまった。

「どうだ」

支えている大太刀を揺らしもせず、軍太夫が止まった。

「……………」

伊織は息をのんだ。

「気づいたようだな」

「はい」

しっかりと伊織は首肯した。

「大太刀の威力に頼っていた」

伊織は大太刀の間合いに入る前、入ってから、そして逃げ出してからの圧迫が大きく違うことを理解した。

受ける側に回って初めて、伊織は大太刀の威力が身にしみた。決して太刀では敵《かな》うことのない大太刀の力に伊織は甘えていたと知った。

「少し違うな」

伊織の答えに、軍太夫が小さく首を振った。

「そなたはな、大太刀を怖《おそ》れていたのよ」

「怖れていた……」

軍太夫の言葉を伊織は嚙《か》みしめた。

「そうだ。怖いからこそ大太刀の真の使い方から逃げていた」

「真の使い方とは、どのようなものでございましょう」

伊織は問うた。

「なぜこのような大太刀が生み出されたのか、そこを考えろ」

「生み出された……」

「大太刀でわからぬなら、斬馬刀に置き換えてみよ」

思案する弟子へ、師が助言を与えた。

もともと斬馬刀は、その名のとおり、本陣を蹴散らそうと突っこんでくる騎馬武者を止めるためのものであった。

戦国最強をうたわれた武田家に長く随身していた真田昌幸は、騎馬武者の威力をよく知っていた。騎馬武者の値打ちは、単騎で陣形を乱すことができることにあった。人よりはるかに大きく、力のある馬に躍りこまれたら、足軽では止めようがなかった。鉄炮足軽や槍足軽は整然と陣形を保っているときこそ、威力を発揮する。混乱してしまえば、味方を撃ちかねない鉄炮は使えなくなる。槍足軽もどこへ矛先《ほこさき》を向ければいいかわからなくなってしまう。

武田家の滅亡で、真田昌幸のような小領主は乱世へ放り出された。何十万石の領地を持つなら、己で隣国を切り取り、天下を望むこともできる。しかし、数万石ていどでは、隣国からの侵略を怖れるしかない。小領主たちは、次に頼るべき大名を求めて右往左往した。昌幸も北条、上杉、徳川の間を渡り歩いた。ただ、昌幸が違っていたのは、頼るだけではなく、自らを強くすることを怠らなかった。

昌幸は、足軽を蹴散らす騎馬武者の防衛に一案を得た。

「斬馬刀を持ち、本陣へ迫る騎馬武者を止めよ」

こうして斬馬衆は生まれ、武の家柄に斬馬刀が伝えられた。

「………」

耳にたこができるほど、聞かされた創立の由縁である。

伊織はすぐに思い出せた。

「斬馬刀は、馬を斬るためにある」

馬上にある騎馬武者ごと一刀で両断は無理だった。馬の首は、大きく太い。その上、鎧を身につけた武者まで割るとなれば、かなり斬馬刀の厚みは太くなる。太くなれば、重くなり、人では扱うことができなくなった。

昌幸はそこも理解していた。斬馬刀を持つ斬馬衆の任は、突っこんでくる馬の両足を斬り飛ばし、その動きを封じることであった。

「違うな」

伊織の独り言を、軍太夫が否定した。

「真田昌幸さまは、斬馬刀を護りに使われたのだ。陣形を崩されないためにな」

軍太夫が言った。

実際のところ、斬馬刀が抜かれることはなかった。

天下が豊臣秀吉のもとで統一され、争いはなくなった。もっとも豊臣の世は、すぐに徳川へ取って代わられてしまったが、真田家が騎馬武者を警戒した戦いをする機会はなかった。

関ヶ原で西軍に属した真田昌幸は、中山道を進軍する徳川秀忠軍の邪魔をした。しかし、そのときでも斬馬衆に出番はなかった。

三万に対して千五百の軍勢が、真正面からぶつかっては、勝負になるはずもない。昌幸は地の利をいかして陣を組むことなく、少数で徳川の軍勢を翻弄した。

「実戦を経験しておらぬおぬしには難しいかも知れぬ」

巨大な木刀を下ろしながら、軍太夫が述べた。

「ああ、刀と刀の争いという意味ではないぞ。本当の戦のことだ」

軍太夫が補足した。

「大勢の兵士がぶつかり合う戦はな、桁《けた》が違う。人の心さえ狂わせてしまう。家へ帰ればよき父、よき夫である者が、女子供を平気で斬殺する。ときには、我が娘より幼い女児を犯すことさえある。そしてなにより怖いのは、それが咎《とが》められないということだ」

「咎められない……」

「そうだ。戦の究極の目的は生き残ることだ。敵を追い払い、滅ぼし、生き延びる。それが、勝利につながる。負ければ己はもとより、国に残してきた家族にさえ危機が迫る。なにがあっても負けてはならぬ。負けた者は、勝者に何一つ要求することは許されぬ。命も財産も、相手の思うがままにされるのだ」

一度軍太夫は言葉をきった。

「負けることは許されぬ。それが戦だとわかったな」

「はい」

見つめてくる軍太夫へ、伊織はうなずいた。

「必勝でなければならぬのでございますな」

「そうだ。やるかぎりは必ず勝たねばならぬのが戦である」

軍太夫が首肯した。

「しかし、必勝などあり得ぬ」

「…………」

すべての戦に必勝法があれば、天下は未《いま》だ鎌倉幕府のもと、源氏の将軍をいただいているはずである。いや、平家の天下が続いていなければならなかった。

「ないならばどうすればいい。簡単なことだ、戦をせねばいい」

あっさりと軍太夫が口にした。

「それは……」

さすがにおかしいと伊織はあきれた。

「戦わぬなら、太刀も弓も、鉄炮も不要でございまする。なにより、我ら武士などは要《い》りませぬ」

「武士が要るのか。田を耕さず、ものを作らず、売り買いもせぬ。ただ、先祖が人を殺すことでもらった禄を後生大事に護り伝えるだけでしかないのだぞ」

「師、いくらなんでもそれは……」

己の基本、いや、土台が崩れ去る発言に、伊織は首を振った。

「よく考えよ。武士などいないほうがいいのだ。人を斬る道具を腰に差し、修行と称して殺し方を学ぶ。泰平の世にとって邪魔だ」

「…………」

言いきる軍太夫に、伊織は口をつぐんだ。

「ではなぜ、武士は四民の上と威張っておられるのだ。百姓からいえば、ただ搾取するだけの武士が」

「わかりませぬ」

問いかける軍太夫に伊織は首を振った。

「武士の成立はなんのためだ。荘園を盗賊の被害から守るためだっただろう」

「……守り」

「正確には、抑止よ。武士がいるから、あの荘園を襲うのはやめ、別のところにしよう。そうなるだろう。それが本来の武士の姿だったはずだ。それがいつからか、武力を表に出し、他所《よそ》を襲うようになった」

「斬馬刀も同じ意味」

伊織は軍太夫の言いたい意味を理解した。

「そうじゃ。斬馬刀があるだけで、騎馬武者は突っ込むことをためらう」

「かたじけのうございました」

深く礼をして、伊織は道場を後にした。

「ここが仁旗のかよう道場か」

仁旗を見送ってから、物陰から三藤が姿を現した。

「小さな道場よな」

三藤が、道場を覗《のぞ》きこんだ。

「なにか御用でございまするか」

その背中に声がかけられた。

「ここは、伊沢どのがお屋敷ではござらぬか」

あわてて三藤がごまかした。

「いや、ここは神道無念流郡道場でござる」

答えたのは、森本冴葉《もりもとさえは》であった。

森本冴葉は八十石取りの御家人森本一右衛門《いちえもん》の次女である。身の丈五尺二寸（約百五十六センチメートル）と大柄な冴葉は、郡道場で長巻《ながまき》の稽古を受けていた。

「まちがえたようでござる。ごめん」

逃げるように三藤が去っていった。

「みょうな……」

背中を見送りながら、冴葉が首をかしげた。違ったならば、どこにその家があるか訊くのが普通である。冴葉はしばらく三藤の去っていった先を見つめた。

「師」

道場へ入った冴葉が、軍太夫へ声をかけた。

「なんじゃ」

軍太夫が振り返った。

「今、そこに不審な者が」

「ふうむ。伊織だな」

聞いた軍太夫がつぶやいた。

「仁旗さまがお見えだったのでございまするか」

冴葉が、身を乗り出した。

「ああ。そなたと入れかわりに帰ったがな」

「さようでございまするか」

気落ちした顔を冴葉が見せた。

「伊織の後を付けてきたか……」

軍太夫が小さくつぶやいた。

「なにか仁旗さまの身に……」

不安そうな顔を冴葉が見せた。

「なにかしらややこしいことに巻きこまれておるのはたしかだろうが……」

「手助けを……」

冴葉が勢いこんだ。

「できるわけなかろう。伊織一人にふりかかったことならば、師として救いの手を出すのは当然だ。そなたにしてもそうだ。同門として、兄弟子の危難に力を貸すのはなんの不思議もないこと。だが、伊織の仕える真田家にかかわるならば、どうにもできぬ。浪人でしかない儂はもちろん、ましてそなたは幕臣の娘。大名のことへ口出しすることは、控えねばならぬ」

はっきりと軍太夫が首を振った。

「……はい」

か細い声で冴葉が首肯した。

ましてや幕臣とはいえ、お目見えもかなわない御家人なのだ。うかつに大名とかかわって、巻きこまれれば、ひとたまりもなく潰された。

「さて、稽古をつけてやろう」

やさしく軍太夫が言った。

四

三藤は、真田の屋敷ではなく、日本橋に足を向けた。日本橋は家康が江戸を開いたときより、多くの商家が軒を並べていた。

日本橋は東海道の起点ということもあって、行きかう人がとぎれることはない。人出をあてにした腰掛け茶屋などがいくつか出ていた。

「亭主、茶をくれ」

そのうちの一軒へ三藤が腰を下ろした。

「へい」

壮年の亭主が、炭火をおこして、湯を沸かし始めた。

「酒はあるか」

別の侍が、三藤の隣へ座った。

「あいにく酒はございませぬ」

亭主が申しわけなさそうに言った。

「しかたないな。喉《のど》の渇きに一杯欲しかったのだが、では、茶をくれ。濃いのを頼むぞ。湯に色がついているだけなどは、ならぬ」

「へい」

鉄鍋へ亭主が水をたした。

「なにかあったか」

酒を注文した侍が小さな声で問うた。

「斬馬衆のかよう道場がわかった。高輪の郡道場」

「聞かぬ名だ」

「場末よ。道場主の名前も聞いたことさえない」

三藤が嘲《あざけ》るように言った。

「そこで大太刀の業《わざ》も教えておるのか」

「わからぬ。様子を窺《うかが》っていたら、弟子らしき女に声をかけられてしまったのでな」

「女の弟子か。珍しいな」

「お待ちどおさまで」

亭主が二つの茶碗を持って来た。

「うむ」

「ああ」

二人が茶を飲んだ。

「亭主、金を置いておくぞ」

それ以降話もなく、三藤が立ちあがった。

「ありがとうございまする」

小腰をかがめて、亭主が見送った。

「どれ、拙者も行くとするか」

しばらく三藤の背中に目をやっていた酒を頼んだ武士も金を置いて、茶見世をあとにした。

「紐を気にしたか」

河岸に植えられた柳の陰から霞が姿を現した。

「三藤と違い、なかなかにやる」

小さな笑みを浮かべながら、霞は後を付け始めた。

「…………」

武士はときどき後ろを振り返りながら、ゆっくりと進んでいく。その歩みは、女子供よりも遅い。

「うまいな」

後を付けるほうとしては、こんなにやりにくい相手はいなかった。いかに女とはいえ、遅い男の後をいつまでも付いていっては、みょうに思われる。

霞は武士を追い抜いた。

「ごめんなされませ」

庶民や女が武士の隣を過ぎるときは、軽く黙礼するのが礼儀である。

「ああ」

武士がうなずいた。

背中に武士の目を感じながら、霞はさっさと歩いた。

「足の速い女よな」

武士が霞から注意をはずした。

二つほど先で角を曲がった霞は、物陰へ入るとすばやく髪をほどき、着物を裏返した。武家の娘風だった霞が、一瞬で男を誘う遊び女へと変化した。

武士が過ぎるのを辛抱強く待って、ふたたび霞は後を付け始めた。

あいかわらず、武士の歩みは遅いが、拍子を摑《つか》んでしまえば、脇道を利用したり、店を覗きこんだりして、間を取りつくろうことは、さしたる難事ではなかった。

「ほう。土井大炊頭の屋敷か」

半刻（約一時間）ほどかけて、ようやく武士は、蛎殻町《かきがら》にある土井大炊頭の中屋敷へと入っていった。

「仁旗の道場を調べて、どうするつもりだ」

見届けた霞は、踵《きびす》を返した。

御用部屋は、しわぶき一つない静謐《せいひつ》に満たされていた。

余人が入ることを許さない御用部屋は、いくつもの屏風《びょうぶ》でしきられ、老中同士といえども互いにどのような案件をあつかっているかさえ、わからなかった。

「ご一同、願おう」

合議あるいは、評決が必要なときだけ、部屋の中央へ置かれた火鉢の側《そば》へ集まり、話しあうのである。

「よいかの」

ゆっくりと火鉢の隣へ腰を下ろした土井大炊頭が声を出した。

「なんでござろうかの」

土井大炊頭についで、御用部屋では古い酒井讃岐守《さぬきのかみ》忠勝が、最初に腰をあげた。

「しばしお待ちを。これだけすませてしまいまする」

やりかけた書付を終わらせたいと、松平伊豆守信綱が、猶予を求めた。

「あとにいたせ」

あっさりと土井大炊頭が拒絶した。

「おぬしたち若い者には、ときなどいくらでもあるが、我ら年寄りには、一刻たりとても無駄にできぬ」

元亀《げんき》四年（一五七三）生まれの土井利勝は、この寛永十五年（一六三八）で六十六歳になる。対して慶長元年（一五九六）に生を受けた松平伊豆守は、四十三歳と、二回りの差があった。

「まだ年寄りと言われるには早すぎましょう」

笑いながら青山大蔵少輔《おおくらしょうゆう》幸成《よしなり》が、土井大炊頭の隣へ腰を下ろした。

「いや、人生五十年と言う。先代秀忠さまは五十四歳でみまかられた。すでに儂は、秀忠さまを上まわっておる。いつ、どうなるかわからぬ」

土井大炊頭が、首を振った。

「それほど急がれるご用件とは、なんでございましょうや」

松平伊豆守と同じく家光股肱《ここう》の臣である阿部豊後守《ぶんごのかみ》忠秋が、座りながら問うた。

「まだじゃ」

探るような阿部豊後守へ、土井大炊頭が告げた。

「ようやくそろったようだの」

しぶしぶ参加した松平伊豆守をにらみつけて、土井大炊頭が、火鉢に刺さっている火箸を手に取った。

夏でも御用部屋に火鉢が置かれているには理由があった。

若年寄でも許可なく足を踏みいれることのできない御用部屋にも、老中以外に常駐している者がいた。

老中たちの意を汲《く》んで書類を作成する右筆と、茶の用意、役人の呼び出しなど雑用をこなす御用部屋坊主である。

ともに幕臣としては軽い身分でしかないが、老中と親しく話をすることができるため、一目を置かれていた。

さらに、老中の話を見聞きすることで、誰よりも早く政《まつりごと》の先を知りえる。これが問題であった。誰でも幕府が次にどういうことをしてくるか知りたいのだ。わけても徳川からにらまれている外様大名にしてみれば、お手伝い普請がいつどこであるかを他より早く耳にできるかどうかは大きな違いとなった。

戦国が終わり、武士が手柄を立てて禄を増やす機会はなくなった。かわって、泰平は人々の生活へ余裕を与え、贅沢を教えた。収入は変わらないのに、支出だけが多くなる。大名旗本を問わず、武士の生活は窮迫し始めている。

そこへ金を費やすお手伝い普請を押しつけられてはたまらない。では、どうすればいいのか。簡単である。お手伝い普請を他家へ押しつければいいのだ。

「我が藩の窮状は……」

お手伝い普請があるとわかれば、前もって金がないことを老中たちへ報《しら》せ、気遣いを願うのだ。もちろん、それなりの見返りは払わなければならないが、お手伝い普請を請けおうよりは、はるかに安くすむ。

なればこそ、大名家の対外を担当する留守居役たちは、右筆や御用部屋坊主から話を聞きたがるのだ。

声を出せば、聞くまいと思っていても耳に入る。そこで、老中たちは、密談する必要がある案件のおりは、火鉢のなかの灰へ、火箸で文字を書くことにしていた。

「真田」

土井大炊頭が書いた。

「まだ、やるのでございまするか」

松平伊豆守が、思わず声をあげた。

「静かにせい」

冷たい声で土井大炊頭が叱った。

「このていどで動揺するような肚のできておらぬ輩《やから》が、御用部屋におるなど信じられぬ。すぐにでも辞めよ。それが忠義ぞ」

家光子飼いの松平伊豆守たちは、秀忠を支えてきた土井大炊頭からみれば、まだまだ頼りなかった。

「乱世を、命をかけた戦いを知らぬ者が、一人前の顔をする。幕府も落ちたものだ」

土井大炊頭が、松平伊豆守を嘲った。

「お言葉がすぎませぬか」

松平伊豆守が言い返した。

「一人前に、言われれば腹が立つのか。ならば、儂《わし》に認めさせてみせよ」

「どういたせと」

訊いた松平伊豆守に、土井大炊頭は無言で火箸を動かした。

「…………」

火鉢を覗きこんだ松平伊豆守が、息をのんだ。

灰に書かれた真田の文字、その上へくっきりと斜線が刻まれていた。

「見事、してみせよ。さもなくば、御用部屋から去るがいい」

そう言って土井大炊頭が、灰を火箸でならし、真田の文字を消した。

席へ戻っても、中途で置いた仕事に松平伊豆守は集中できなかった。

「ご執政さま、どうかさなれましたか」

仕事の手伝いをするためについている右筆が訊いた。

「この件については、もう一度熟考する」

松平伊豆守は手にしていた書付を、右筆へと押しやった。

「はあ……」

受け取りながら右筆が、口ごもった。

「差し戻しましょうや」

「うむ」

上の空で松平伊豆守がうなずいた。

「…………」

無言で右筆は、書付を手元の盆へと仕舞った。

「しばし、中座いたす」

誰にともなくそう言って、松平伊豆守が御用部屋を出て行った。

「右筆さま、書付の差し戻しがあれば、お届けいたしまするが」

御用部屋坊主が右筆へ声をかけた。

「不要じゃ。台所で使う薪購入願いぞ。値段も量も今までと同じ。戻すだけの理由もないわ」

右筆が苦笑した。

御用部屋を出た松平伊豆守は、黙々と足を進めていた。

「これは……」

「伊豆守さま」

滅多に御用部屋から出ることのない執政の姿へ、すれ違った役人たちがあわてて頭を下げる。

「うむ」

小さくうなずくだけで松平伊豆守は、足を止めなかった。

何度も廊下を曲がり、かなり歩いて、松平伊豆守は目的の山里口番所へと着いた。

江戸城の西南に位置する山里口は、江戸城の非常門である。江戸城が攻められ、いよいよ本丸が持たないとなったとき、将軍とその家族が甲府城目指して逃げていくために設けられた枡形門《ますがたもん》で、山里伊賀者が警備していた。

山里伊賀組の仕事は、山里口の警固と見張りである。非常門である山里口は、普段開かれることはなかった。閂《かんぬき》が外されている潜戸《くぐりど》でさえ、お庭衆、黒鍬者《くろくわもの》、鷹匠《たかじょう》、餌差衆《えさししゅう》、奥向衆の通行しか許さなかった。

日に何度人が通るかという山里口の門番など閑職のなかの閑職である。しかし、山里口伊賀者には、別の任務が、隠れた仕事があった。山里口伊賀者は老中直属の隠密であった。

二百名をこえる伊賀者のなかから選ばれた山里口伊賀者は定員九名で、三名ずつ三日交替で門を警衛していた。

「入るぞ」

「お出でなされませ」

松平伊豆守が、障子に手を掛ける直前、なかから開かれた。

「三枝《みつえだ》鋳矢《ちゅうや》か」

不機嫌そうに、松平伊豆守が呼んだ。

「……………」

山里伊賀組頭三枝鋳矢が、無言で土間に額を押しつけた。

「まったく、そなたらが役に立たぬ故、儂が土井大炊頭から叱られるはめになるのだ」

「申しわけございませぬ」

三枝鋳矢が詫びた。

「まあいい。すんだことを、いまから戻すことなどできぬ」

袴《はかま》の裾《すそ》が三枝鋳矢の顔に当たるのも気にせず、松平伊豆守が番所のなかへ入った。

「なにかございましたので」

わずかに顔をあげて三枝鋳矢が、質問した。

「真田よ」

「……真田でございまするか」

ほんの少し、三枝鋳矢の頰《ほお》がゆがんだ。

伊賀者でも俊英とされた者で構成される山里伊賀組は、真田昌幸と徳川家康が交わした密約の証拠を手にするべく、真田家の中屋敷を襲い、仁旗伊織の振るう斬馬刀の前に惨敗を喫していた。かろうじて密約を記した書付を奪うことはできたとはいえ、伊賀者の面目は丸潰れであった。

「上様のご意向で、真田は見逃すはずだった」

家康と昌幸の間に交わされた関ヶ原の密約を知った三代将軍家光は、真田への手出しを止めるようにと土井大炊頭へと命じた。

実父である秀忠へ、天下分け目の戦いに遅れた男、無能な跡継ぎなどの烙印を押した真田昌幸を家光は許した。

それが神とあがめられる徳川家康と真田昌幸が、戦国を終わらせるための方便と知ったからだ。

しかし、何も知らされずその場にいた土井大炊頭は、納得していなかった。

「たとえ家康さまのお考えであったとしても、表に出せないならば、秀忠さまと儂、さらに榊原康政らの名誉は地に落ちたまま」

土井大炊頭は、家光に止められて以降も、真田憎しを公言していた。

「上様のお言葉を無視されると」

三枝鋳矢が目を見張った。

いかに家光が子供のころから、幕府の中枢にあった老中といえども、将軍の命令をきかないとなれば、それ相応の罰を与えられる。

軽くて目通り禁止、普通は執政からの追放、重ければ改易となる。

「大炊頭へは、罪を与えられぬ」

「なぜでございまする」

「知っておるであろうが。土井大炊頭は、お血筋じゃ」

苦々しげに、松平伊豆守が吐き捨てた。

まだ三河一国の領主でしかなかったころの徳川家康と、正室で今川義元の姪築山殿《めいつきやま》の仲は冷え切っていた。もともと今川家へ人質として出されていた家康を、より強力な支配下に置くためなされた婚姻である。夫婦としての情など当初からなかった。

今川家が健在であったころはまだよかった。築山殿が家康より横暴であっても、我慢するしかなかった。その今川義元が、桶狭間《おけはざま》で織田信長によって討ち取られてしまったことで、二人の力関係は逆転した。

逆転を築山殿が受け入れれば、もう少し状況は変わったかも知れなかった。

築山殿は、駿河、遠江《とおとうみ》、三河三国の太守今川義元の姪から、三河一国の小領主徳川家康の妻へと落ちたことを認められなかった。

とくに家康が桶狭間の直後今川から独立し、そのうえ仇敵《きゅうてき》であるはずの織田信長と手を組んだことが許せなかった築山殿は、夫への態度をより一層硬化させた。

安らぎを与えられるはずの妻から、憎まれた家康は、遠江の土井利昌ゆかりの女に手を出して孕《はら》ませた。

家康に帰属していた土井利昌は、嫡男元政を廃して、生まれた子供を跡継ぎとした。築山殿の血を引く嫡男信康より、利勝と名付けられた子供を家康はかわいがった。譜代の家臣でさえ、滅多に許されない鷹狩りの供を何度も命じたり、利勝の元服などの節目には、分不相応なまでの贈りものを下賜したりと、家康の寵愛《ちょうあい》は傍目《はため》にもわかるほどであった。

寵愛は、終生変わらず、家康の死に際して、久能山への葬送いっさいを利勝が請け負ったほど信頼もされていた。

また、早くから秀忠につけられたことで、異母弟との仲もよかった。家康の子供と公表されていない利勝は、秀忠にとって唯一徳川の家督を争うことのない血縁である。六歳上に当たる異母兄利勝を頼りとした秀忠は、嫡男家光の守《も》り役も命じている。

土井利勝はじつに三代の将軍へ仕えただけでなく、重用されていた。

「それにな、真田への手出しを表立って上様が禁止なさらぬのは、大名取り潰しの方針が、家康さまのお考えでもあるからだ」

松平伊豆守が嘆息した。

戦国を統一したのは、織田信長でも、徳川家康でもなかった。本能寺の変で明智光秀に討たれた織田信長の後を継いだ豊臣秀吉によってであった。

豊臣秀吉は、北は陸奥《むつ》の国から、南は薩摩まで、兵を出して天下を力で統一した。朝廷から豊臣という源平藤橘《げんぺいとうきつ》につぐ姓を与えられ、関白となった秀吉であったが、跡継ぎには恵まれていなかった。

秀吉が死んだとき、唯一血を引いた息子の秀頼はまだ六歳でしかなかった。数年前まで下克上どころか、親子でさえ殺しあっていた大名たちを抑えるに、秀頼は幼すぎた。ふたたび戦乱の世が来ることを怖れた家康は、関ヶ原の合戦を起こし、天下を己のものとすることで泰平をもたらそうとした。

「家康さまは、天下を取られることで、ぎゃくに理解されたのだ。いつ、豊臣へしたことが徳川へかえってくるかも知れぬと。泰平を代々続けていくには、天下を狙う者が現れぬことが条件と考えられた家康さまは、大名を潰されることにされたのだ」

「…………」

無言で三枝鋳矢がうなずいた。

「家康さまと昌幸の交わした密約が、徳川を天下人とした。その一方で家康さまは、大名を潰すことが天下安泰の道と考えておられた。家光さまは、敬愛する家康さまのお考えの板挟みとなられ、土井大炊頭への忠告も命ではなく、お諫《いさ》めていどにならざるを得なかったのだ」

「はい」

「まことに無念ながら、我ら家光さまへ仕える者に、土井大炊頭を抑えるだけの力はまだない。言われれば、動かざるをえないのが実情なのだ」

悔しそうに松平伊豆守が、目を閉じた。

「真田を潰すだけのものを見つけてくれれば、よろしいのでございまするな」

三枝鋳矢が、松平伊豆守の意図を悟った。

「うむ。先日のような、奪ってみれば真田を救う家康さまのお約束であったというものではなく、あきらかな落ち度を見つけ出せ」

松平伊豆守が首肯した。

「ただし、潰さねばならぬほどのものでは困る。真田を潰しては家康さまのお約束が反故《ほご》となる。上様にとって家康さまのお名前に傷がつくことは許し難い。石高を半減し、真田の本貫地である信濃から、どこか遠くへ追いやるていどの罪。それを探せ」

「承知いたしましてございまする」

無理難題に近い命を三枝鋳矢は受けた。

第七章　新旧の克

一

松代藩主真田伊豆守信之は、城中では家康の娘婿として遇されていた。

「伊豆守どの」

朔日《さくじつ》の朝、登城した真田信之は、城中の奥で声を掛けられた。

「これは豊後守さま」

足を止めた真田信之は、ていねいに礼をした。

近づいてきたのは老中阿部豊後守であった。

「あいかわらず、壮健のようで祝着」

「おそれいりまする」

老中阿部豊後守の言葉に、真田信之が恐縮した。

幕政を担う老中の格は高い。百万石の前田、七十七万石の島津でさえ、呼び捨てにすることができ、御三家もその前では遠慮した。

「少しよいかの」

阿部豊後守が、真田信之を廊下の隅へ誘った。

「はい」

三歩ほど空《あ》けて、真田信之は従った。

江戸城には、畳を敷いた入り側と呼ばれる廊下があった。入り側は普通の廊下より幅が広く、出会った役人や大名旗本たちの密談場所として使われていた。

「…………」

入り側の隅で立ち止まった阿部豊後守は、背中を向けたまま、なかなか口を開こうとしなかった。

「なにか率爾《そつじ》でもございましたでしょうか」

いつまでも語りかけてこない阿部豊後守へ、真田信之は問うた。

「……伊豆守よ」

辺《あた》りをはばかるような小声を、阿部豊後守が出した。

「はい」

重い口調に、真田信之は警戒した。

「国替えを申し出てはくれぬか」

「なんと……」

予想をこえる内容に、さすがの真田信之も絶句した。

「はばかりながら、真田に転封せねばならぬほどの失策はないと存じまするが」

真田信之は、理由をうながした。

「わかっておる。お手伝い普請の回数も群を抜いておるうえ、仕事の仕上がりも完璧である。貴殿の忠義を誰一人疑っておる者などおらぬ」

阿部豊後守が保証した。

「ならば……」

さらなる問いかけを、真田信之はやめた。

「古河《こが》どのか」

わざと真田信之は名前を言わなかった。土井大炊頭の居城を出した。

「…………」

黙って阿部豊後守が首肯した。

「先日もな」

世間話をするかのように、阿部豊後守は話し出した。

城中に他人目《ひとめ》は多い。今でも執政と大名の立ち話に奇異の目を向けていく者が、何人もいた。なかには、それとわかるほど興味を示した者もいる。

こういうとき声をひそめては、かえって不審を呼ぶ。若いながら家光を支える執政としての素質を阿部豊後守はもっていた。

「伊豆守へな、なんとかせいと言われたわ」

「それはそれは」

権謀術策うずまく戦国を生きぬいてきた真田信之である。阿部豊後守と調子を合わせて、さりげない風を装った。

もちろん、阿部豊後守の言う伊豆守が、己ではなく、老中松平信綱のことだと理解はしていた。

「伊豆守は、まじめだからの。つい、手出しをせずともときが解決してくれるものにまで、向きあってしまう」

阿部豊後守が小さく笑った。

これならば、盗み聞きしている者に伊豆守とは真田信之のことと思いこませられる。

「誠実でなければ、つとまりますまい」

真田信之も話を合わせたが、その内容に驚愕《きょうがく》していた。阿部豊後守は、松平伊豆守が真田へ仕掛けてくると教えてくれているのだ。

「そこで最初の話となる。伊豆守がそうしてくれれば、ことはすべて丸くおさまる」

阿部豊後守がうなずいた。

「変わらずにあることが、よろしくないと仰せでござるか」

「うむ。それだけで思い出してしまうのだ」

「しばしの猶予をいただきたく」

すぐに返答することができる内容ではなかった。

「もちろんだ。ゆっくりと考えてくれよ。もっとも、あまり暇をかけてもらっても困ることになるぞ。伊豆守の動きを止める間がなくなるゆえな」

終始にこやかな雰囲気を保ったまま、阿部豊後守が言った。

「お心遣い、感謝しておりまする」

頭をさげて、真田信之はその場を離れた。

式日登城といったところで、なにがあるわけでもなかった。

決められた部屋で、顔見知りの大名たちと雑談を交わし、持ちこんだ弁当を食べ、昼すぎには下城する。

「まったくの無駄」

口の悪い大名たちが、そう表することへ、初めて真田信之は同感していた。

「ときが惜しい」

すでに松平伊豆守は手を打っているのだ。それが我が身へおよぶまでに対応を終えなければならないのだ。役目とは言え、雑談で貴重な一日を失うことが、真田信之を焦らせていた。

「お身体の調子でもお悪いのかの」

近くにいた大名が、真田信之を気遣った。

「いや、これは、なんでもござらぬ」

あわてて真田信之が首を振った。

「ならばよろしいが、いつもの伊豆守どのらしくござらぬゆえ」

大名が首をかしげた。

「かたじけない。少しばかり腹の具合が……」

真田信之は言いつくろった。

「ご遠慮なさらず、厠《かわや》へお出でなされ」

「そうさせていただこう」

勧められて、真田信之は手をあげた。

「お目付どの。厠へいかせていただく」

大名のいる間には、目付が一人いた。大名同士の会話に耳をそばだて、謀反の相談などがないかどうか見張っているのである。

「手早くいたせ」

目付が認めた。

間を出た真田信之は、控えていた御殿坊主に案内されて厠へ入った。

「お脇差をお預かりいたしましょうや」

御殿坊主が訊いた。小便ならばいいが、袴《はかま》を脱ぐ大便となれば、脇差を外さなければならない。

「けっこうでござる」

真田信之は断った。

城中の厠は、畳敷きで、その中央に黒漆塗りの便器が据えられているだけである。

厠へ入った信之は、袴の右にある切れ目から手を入れて、下帯をずらした。袴の切れ目からものを引き出すと、身体を左へねじるようにして、先を便器へと向ける。

下手をすると小便で袴を濡らすか、便器の外へまき散らしてしまうことになるが、慣れれば、それほど難しいものではなかった。

「ふうう」

さしてしたいわけではなかったが、用便と称して一人になれたおかげで、真田信之は落ち着きを取りもどした。

「豊後守の意図も読まねばならぬな」

聞かされた話の衝撃に、あの場では気づかなかった。しかし、阿部豊後守に思惑がないはずはなかった。

「伊豆守と豊後守は、念友の間柄だ」

念友とは、男色の間柄のことだ。松平伊豆守も阿部豊後守も、女より男に興味をもった三代将軍家光によって、男色を教えこまれたことは衆知の話である。

「男女の仲、夫婦、親子より、念友の絆《きずな》は強いと言う」

将軍を中心としてとなれば、その結びつきは、純粋なもの以上となる。

「豊後守が、伊豆守の足を引っ張るようなまねは、決してすまい」

真田信之は独りごちた。

「伊豆守さま」

外から御殿坊主の声がした。

「おおっ。今出る」

考えこんでいた真田信之は、厠にいすぎた。

「だいじございませぬか」

出て来た真田信之の手へ水をかけながら、御殿坊主が様子をうかがった。

「すまぬ。すまぬ。歳《とし》を取るとどうも所作が鈍くなっての。出し入れに手間がかかってしまうのじゃ。もっとも、小用にしか使わぬようになったゆえ、昔ほどいじらぬせいもあるがの」

わざと真田信之は下卑た話にもちこんだ。

「なにを言われますやら」

御殿坊主が笑った。

「いやいや。しかし御坊にご心配をおかけしたには違いない。お詫びにこれを」

真田信之は懐《ふところ》から白扇を取り出して、御殿坊主へ渡した。

「これは……遠慮なく」

よろこんで御殿坊主が白扇を受けとった。

白扇は城中での金代わりであった。白扇には大名家の紋が入れられており、これを上屋敷へ持ちこめば、金になった。金の多寡は家格や裕福さで違い、見栄を張る外様の大大名ともなると、十両と交換するところさえある。真田家では信之の白扇は二両、信政は一両と決まっていた。

厠から戻った真田信之は、ふたたび控えの間で下城時刻まで無為に過ごした。体調不良を言えば、早退することもできるが、病弱との噂になっては困る。病弱は隠居を勧められる原因となる。まだ経験の浅い信政に松代十万石を任せるわけにはいかなかった。

「では、十五日に」

大名の式日登城は、朔日、十五日、晦日《みそか》と決まっている。

口々に別れを告げながら、大名たちが城から下がっていった。

屋敷へ戻った真田信之は、ただちに家老木村縫殿之助を呼んだ。

「なにかございましたか」

来るなり木村縫殿之助が問うた。

「うむ。じつはの……」

真田信之が阿部豊後守との話を語った。

「阿部豊後守どのが、そのような話を」

木村縫殿之助が息をのんだ。

「潰されるよりは、国替えを選んだほうが、ましだろうと脅しおったわ」

戦の経験もない阿部豊後守のすごみなど、真田信之から見ればそよ風でしかないが、老中の権力は大きい。

「無視するわけにはいきませぬな」

「かといって、父が命を捨てて守った先祖の地を明け渡すこともできぬ」

真田信之の父昌幸は、関ヶ原で敗軍の将となることを承知で、家康と密約をかわし、沼田と上田を子孫へと残した。信之は、父と弟の命の代わりに松代と沼田を合わせた十三万石を得たのだ。あっさりと捨ててしまっては、泉下の父に合わせる顔がなかった。

「なにより、どこへ移されるかもわかっておらぬ話に乗れるわけもない」

阿部豊後守は、どこへ行けとも、どこを望めとも言わなかった。

「土井大炊頭どのを納得させるとなれば……奥州か中国、四国、九州というところでございましょうな」

思いつくだけの左遷地を木村縫殿之助が口にした。

奥州は表高と実高が大きく違うことで知られていた。とくに棚倉の地は懲罰といわれるほどひどく、表高の十分の一ていどしか収入はない。十三万石から二万石ほどへの減封と同じであった。

他は江戸への参勤に費用がかさんだ。松代は江戸まで五十三里(約二百十二キロメートル)と近いが、中国の毛利藩萩城は二百七十里(約千八十キロメートル)と五倍遠い。単純に計算して、萩へ移された場合、真田家の参勤費用は五倍になる。収入が変わらず出ていくものが一気に数倍となるのだ。藩政の悪化は火を見るよりも明らかであった。

「どちらも受けいれるわけにはいかぬ」

真田信之が首を振った。

「さようでございまするが、となれば、松平伊豆守どのの策をかわさなければなりませぬ」

重い声で木村縫殿之助が言った。

「今回は防げても、いつまでも続けられるとはかぎりませぬ。それこそ、お取り潰しということになっては、元も子もございませぬ。ここは思いきって転封を受けいれたほうが……」

「一度で終わると……それほど幕府は甘くないぞ。それこそ、一歩退けば、次はもっと遠くへ、禄高を減らせ、お手伝いをもっとしろとつけこんでくる。水に落ちた犬は叩け、蛇は頭を潰すまで逃がすな。これが政というものだ」

木村縫殿之助の考えを真田信之は否定した。

「では、あえて荊《いばら》の道を進まれまするか」

「しかたあるまい。土井大炊頭が死ねば少しは変わろう。上様は二代将軍秀忠さまをお嫌いになっておられる。頭の上を押さえている者がいなくなってくれれば、秀忠さまの恥など気にされもすまいからな」

真田信之が述べた。

「除きまするか」

神祇衆《じんぎしゅう》と同じことを木村縫殿之助が言った。

「難しかろう。なにせ大炊頭は、余と違って神君家康さまの血を引いておるのだ。伊賀なり甲賀なりの守りがついておろう」

「神祇衆ならばやれましょう」

「うむ。だが、万一もあり得る。急がずとも、そう遠くないうちに大炊頭は執政から降ろされよう。阿部豊後守が話をもちこんだのもそこらあたりのことがあるはずだ。これ以上先代の旧臣に大きな顔をされたくないとのな」

真田信之は、阿部豊後守の裏を読んでいた。

「同じことを信政も思っておろうがな」

唇の端を真田信之がゆがめた。

永禄九年（一五六六）生まれの真田信之は、この寛永十五年（一六三八）で七十三歳、慶長二年（一五九七）に生まれた次男の信政も四十二歳となる。

人生五十年といわれたときに、七十三歳は長寿である。そのうえまだ藩主として君臨しているのだ。矍鑠《かくしゃく》とは真田信之のためにあるような言葉であった。

その裏で息子信政は不満であった。信政はすでに不惑をこえている。周りを見ても四十歳をこえるまえに家督相続をするのがほとんどである。一応松代藩内で一万七千石を分けられ、別家はさせてもらっているが、正式なものではなかった。信政の身分はあくまでも松代藩真田家の嫡子なのだ。

「もっとも、信政より、あいつに付いている者たちが、よほど余のことを煙たいと思っておろうがな」

真田信之が、笑った。

藩内から選ばれた若者たちを、真田信之は信政へ近臣として与えた。いわば、次代の真田家を担っていく人材である。皆家柄もよく優秀な者ばかりであった。

「若い者にはなかなか政の闇が見えませぬゆえ」

情けなさそうな顔で、木村縫殿之助が首を振った。

「己ならばもっとうまくやれる。そう信じこんでしまう。それがどれほど浅い考えか思いもしませぬ。殿の深慮遠謀をわかろうとも、いや、あるとさえ思っておりますまい」

木村縫殿之助が嘆息した。

「なんでもできる。どんなことでもうまくやれる。そう思えるのは、若さの特権じゃ。余にもそなたにも、そんなときはあったはずだ」

「殿にそのようなかわいげのあるときが……」

驚いたように木村縫殿之助が言った。

「……そう言うな。余の若いころはただ父と家康さまのお考えに従うしかなかったのだからな」

苦笑しながら真田信之が手を振った。

戦国を終わらせるには、豊臣を滅ぼすしかない。

徳川家康と真田昌幸の意見は一致した。天下を統一した後、戦を起こさず、疲弊した国土の修復を諮《はか》る。それが天下人の仕事であり、責任であった。

しかし、秀吉はさらなる戦を求めて、海外へと手を伸ばした。

文禄、慶長、二度にわたる朝鮮半島侵攻である。

膨大な戦費、数えるのもいやになるほどの死傷者を出した侵攻は、一寸の土地さえ得ることなく、秀吉の死をもって終息した。

いや、終わってくれたならよかった。終わりとするには、秀吉の跡継ぎ、秀頼が幼すぎた。戦国を命がけで生き抜いた大名たちが、すんなりと幼君をいただくはずなどない。

「お若いゆえ」

戦場へ身を置いたこともない秀頼を侮る言葉が、あちこちで聞こえるようになった。

「無礼な」

これに怒ったのは、秀頼ではなく生母淀殿であった。秀吉の主君織田信長の姪《めい》にあたりながら、実家の没落で家臣の側室とならざるをえなかった淀殿にとって、天下人の母という肩書きはなんとしても護《まも》らねばならないものであった。

「秀頼さまを侮るならば、お力を見せつけてくれましょう」

一人子を溺愛する母親は、息子に夫以上の才能があると思いこんだ。

「故太閤さまでさえ、なせなかった朝鮮平定。これを秀頼さまが成功させられれば、誰も天下人に不足などと申すことはなくなる」

淀殿は、秀頼の名をあげるためにふたたび外征をと考えた。

それを家康と昌幸は察知した。

やっと戦いが終わり、必死の思いで手にした領土の経営をと考えていた大名たちにとって、これほどの迷惑はなかった。

百年以上続いた乱世は、土地を荒らし、多くの男手を奪った。十万石の領地といったところで、実質八万石もない。そんな状況で、また戦となれば、財政が破綻《はたん》することは、自明の理であった。

「冗談ではない」

家康と昌幸は、なんとかして淀殿を翻意させようとしたが、息子大事に凝り固まった母親を抑えることはできなかった。

ならば、秀頼をと考えたところで、まだ小さな子供である。母親の言うがままで当然であった。

「このままでは、三度朝鮮へ兵を出すことになる」

二人は、ついに決断した。

「豊臣から力を奪う」

こうして関ヶ原の合戦は起こった。

戦を止めるために戦をする。一見矛盾した行為であったが、大の虫を生かすために小の虫を殺すとの、やむをえない決断であった。

「小の虫となりましょう」

昌幸が申し出た。

徳川や、北条など数倍する敵を迎えながら、勝利し続けた昌幸の名前は、天下に響いている。豊臣を天下分け目へと引きずり出すことは、簡単であった。

「徳川の軍勢を、分断して見せましょう」

言葉どおり昌幸は、中山道を進んでくる秀忠の軍勢を留《とど》めることに成功した。と同時に、家康の根回しが発動した。

数で圧倒していた豊臣側は、相次ぐ味方の裏切りによって崩壊した。

秀頼は、秀吉から譲られた多くのものを失い、天下人の地位は家康へと移った。

「信之をお願いいたしまする」

昌幸は、家康に願って、自らは吉野へ隠棲《いんせい》した。

「すまぬ。信之は儂の義理の息子でもある。ご案じあるな」

家康が保証した。

昌幸が、家康の同胞ではなく、敗残の将となったのは、まだ豊臣が大坂にあったからであった。

秀吉によって大名の地位に引きあげられた恩顧の武将が、現役として残っていたからである。豊臣家の差配を振るった石田三成、淀殿への反発で家康に付いた加藤清正、福島正則らだったが、秀頼の命を奪うとなれば、話は違ってくる。

加藤清正たちも秀頼に天下人の器量がないとわかっている。だが、豊臣の血筋を絶やすのは許されないのだ。

大坂を攻めるとなれば、豊臣恩顧の大名たちは、いっせいに徳川へ牙《きば》を剝《む》くことになる。

家康は、わざと秀頼から大坂城を奪わなかった。

「馬鹿はなおるまい」

家康がため息をついた。

「淀殿でござるな」

しっかりと昌幸もうなずいた。

「大坂を奪わなかったことが、あの女の矜持《きょうじ》を残したか」

「やむをえませぬ。大坂は豊臣の象徴。奪うには、それこそ、もう一度関ヶ原をせねばなりますまい。その折りは、わたくしも家康さまに与《くみ》しまするが、勝てませぬぞ」

「豊臣恩顧の大名が一つになれば、戦は長引く」

昌幸の言葉に家康も同意した。

「遅く生まれたことを呪っておる伊達《だて》政宗が、これ幸いと江戸を襲ってくれよう」

「ふたたび、世は乱世となりましょうな」

大きく昌幸が天を仰いだ。

「苦労を押しつける」

「いえいえ。わたくしが徳川と敵対していることが、豊臣の希望でござれば。家康さまを翻弄した天下の軍師は豊臣につく。そう思ってくれていれば、なにかことを起こす前にかならず拙者を招いてくれましょう。なす事がわかれば防ぐのも容易」

満足げに笑って、昌幸は流罪となった。

実父、義父ともに天下の名将であった真田信之は、幸運であり、不幸であった。

幸運は、すばらしい師を間近で得られたことである。十分な根回しをすませ、動くときにはすでに勝利と決まっている野戦の天才家康、不利な状況を逆手にとって少数で大軍を翻弄する策略の神昌幸。二人の戦い方を、真田信之は目《ま》の当たりにできた。

不幸は、二人の父は偉大すぎた。天下の裏まで見せられ、謀《はかりごと》のすさまじさを見せつけられたのもそうだが、なにより比べられるのがたまらなかった。

「松代真田藩当主信之どのでござる」

「おおっ。あの昌幸どのが、ご子息か」

紹介されるたび、そうやって父と比べられる。

「家康さまが娘婿」

これも重い肩書きであった、真田信之は、あらゆる評価に耐えて、真田家を存続させねばならなくなった。

「弟がうらやましいわ」

「それは……」

黙って聞いていた木村縫殿之助が声をあげた。

弟とは、昌幸に従って関ヶ原で西についた真田信繁、後の幸村である。

真田信之と一つ違いの弟は、父昌幸の謀略の保証人として、豊臣へ預けられた。

「わかっておるわ。死んでいたのが吾であれば、松代真田家はあり得なかった。しかし、幸村は、我が弟ながら優れた侍であったぞ」

生き残るのが真田信之となったのは、家康の娘婿だったのもある。その他に幸村が豊臣秀吉へ人質として差し出されていたとの経緯もあった。

嫡男であった信之は、父とともに滅び、弟に真田の未来を託すつもりでいた。それを幸村が拒否したのだ。

「兄上は徳川に近すぎ、わたくしは豊臣と親しすぎまする。兄上が豊臣に与するのは妙。そしてわたくしが家康さまにお味方するのは、異。ともに肚《はら》をさぐられることとなりまする。それでは父上の策に齟齬《そご》が出ましょう」

幸村が首を振った。

「なにより、嫡男であられるならば、楽な道を選ばれては困りまする。死ぬは簡単なこと。生きるは、その何十倍もつろうございまする」

「憎まれて生きろと言うか」

事情を知らされていない秀忠にとって、関ヶ原に遅刻させられることは恥以外のなにものでもない。また、秀忠に従った武将たちのやりようのない怒りも、真田は向けられることになる。

「天下の主となって存続していくのが徳川どのだからでござる。もし、豊臣がそうならば、わたくしが生き延びましょう。したが、豊臣に先はない」

すべてを幸村は承知していた。長く大坂城にいた幸村は、淀殿とその周囲を固める阿諛追従《あゆついしょう》の輩《やから》がどれだけ害毒であるか見ていた。

「不幸な女性《にょしょう》だとは思いまするが、一人の想いで万という兵を死なせるわけにはいきませぬ」

幸村は滅びを防ぐと告げた。

「できるだけ、長く生きて、恨みを引き受けまするが……」

そう言ってすまなそうに頭を下げた弟の姿を、真田信之は昨日のことのように覚えている。

「幸村の覚悟のためにも、余は退かぬ」

「では、どのように」

きっぱりと宣した主君へ、木村縫殿之助が問いかけた。

「御前衆を、仁旗を餌として、伊賀を呼び寄せ、殲滅《せんめつ》する」

真田信之が、強く言った。

二

三枝鋳矢は、失われた配下の補充をまずおこなった。

「次男、三男で使いものになりそうな輩は」

屋敷へ戻った三枝鋳矢は、名簿をくった。

組は四つに分割されたが、伊賀組同心の組屋敷は四谷へまとめられたままであった。普段のつきあいは、組ごとで区別していたが、同じところに住んでいるのだ、多少の交流はある。

「山崎の家には、たしか二十歳になる次男が居たはずだ。太田の家にもそれぐらいの歳の息子がおったの」

三枝鋳矢は立ちあがった。

武家はどこでも嫡男だけが大事であった。分けてやるほどの禄をもっている大身ならいざ知らず、普通は嫡子単独相続であった。

これには分割することで、生活が苦しくなるのを防ぐほかに、家格落ちを防ぐ意味もあった。一万石の大名が、たとえ百石でも分家をたてれば、本家の禄は九千九百石となり、旗本になるのだ。

となれば、哀れなのは次男以下である。

養子に行ければまだいい。いや、一門衆としてわずかな禄を与えられるのも幸運といえる。悲惨なのは、家禄が少ない小旗本や御家人の家に生まれた嫡子以外であった。

なかでも伊賀組は特別であった。

伊賀者を同心として抱えたのは、初代将軍徳川家康である。織田信長が本能寺で家臣明智光秀に殺されるという、驚天動地のできごとのおり、国を遠く離れた堺で孤立した家康を三河まで送り届けた伊賀者の功績へ報いるためであった。

褒賞として江戸へ出て来た伊賀者は、そのまま幕府の隠密《おんみつ》となった。紆余曲折《うよきょくせつ》はあったが、伊賀者は忍として幕府へ仕えてきた。

忍は特殊な能力を修得していた。生まれたときから、武士とは違った修行を重ね、人とは思えぬ体術を獲得する。

また、隠密は、その任の性格から、余人に報せてはならないことを知る。当然、外へ漏らすことは許されない。それが、何年前のことであってもである。

二つの事情から、伊賀者は組ごとに孤立しなければならなかった。

伊賀組は組内だけでしか、つきあわない。嫁も養子も組内から取るのが不文律であった。

つまり養子先が少ないのだ。あぶれた伊賀の若者たちは、内職で食い扶持《ぶち》を稼ぎつつ、養子の口があくのを待つことになる。なかには、養子に行くことを諦《あきら》め、先祖伝来の伊賀へ戻り、百姓となる者もいるが、ほとんどは、江戸で朽ちていく。

「ご免。太田おるかの」

三枝鋳矢が、一軒の組長屋を訪れた。

「おおっ。その声は三枝か。珍しいの」

なかから三枝鋳矢と同年代の伊賀者が顔を出した。

伊賀組同心の長屋に、客間などなかった。二人は、一間《けん》（約一・八メートル）幅、奥行き半間（約九十センチメートル）の土間で立ち話となった。

「おぬしの家に、二十歳ほどの息子がおったの。もう、行き先は決まったか」

さっそく三枝鋳矢が切り出した。

「いや、まだおるが……養子の話か」

太田が身を乗り出した。

「うむ。養子というか、新規お抱えというかだがな」

「新規お抱えだと……」

すっと太田の気配が変わった。

伊賀組は抱え席であった。

抱え席とは、代々家を継いで召し抱えられていく譜代ではなく、一代ごとに召し抱えるかどうか決められる家柄のことである。代替わりごとに上司の下へ出向き、「お役目申しつける」との言葉をもらわないとならなかった。もっとも拒絶されることはないので、実質は譜代と同じであったが、手続きだけは残っていた。

「新規ということは、山里伊賀者か」

低い声で太田が訊《き》いた。

「うむ」

隠したところで、どうなるものでもないと三枝鋳矢は認めた。

伊賀組は、ここ最近、数多くの葬式を出していた。ほとんどの場合は、嫡男の相続で無事にすんでいるが、なかには跡継がなく絶家となったものもあった。

「なにがあった。いや、訊いてもせんないか」

太田が嘆息した。

「どうする」

三枝鋳矢が問うた。

「伊賀者は、いつでも命をかけて来た。いまさら、確認などするな」

わずかに瞳を揺らしながらも、太田が言いきった。

伊賀組同心の本質は隠密である。幕府からの命があれば、蝦夷《えぞ》でも薩摩へでも行かなければならなかった。隠密を出すには出すだけの理由があった。調べられてはつごうの悪いことが相手にはあるのだ。待ち伏せされていることもあった。無事に江戸へ戻れるとはかぎらない。事実、出たまま戻らない者もかなりの数いた。

「では、明日、御広敷番頭どののもとへ、同道してもらうぞ」

「承知した」

太田がうなずいた。

そのあと、三枝鋳矢は三軒訪れた。

「とりあえずは、これでいいか。数をそろえればいいというものでもない」

三枝鋳矢《や》はひとまず補充を止めた。

四組に分かれた伊賀者同心のうち、御広敷伊賀者と山里伊賀者は、御広敷番頭の支配を受けていた。残りの小普請伊賀者は小普請奉行、そしてもっとも忍らしからぬ役目である明屋敷伊賀者は、老中に属していた。

「番頭どの」

翌朝、三枝鋳矢は、三人の若い伊賀者を連れて、御広敷へと顔を出した。

「なんじゃ」

御広敷は、将軍の私《わたくし》である大奥を管轄する。千近い女と出入りする商人たちをすべて監督するだけに、多忙である。

番頭は、三枝鋳矢へ冷たい目を向けた。

「新しく山里伊賀者としてお抱えいただきたく」

「定数が増えたとは聞いておらぬぞ」

三枝鋳矢の話に、番頭が答えた。

「補充にございますれば」

「三名もか……」

番頭の雰囲気が変わった。

「伊豆守さま御用で」

あたりをはばかるように、三枝鋳矢がささやいた。

「…………」

一瞬、無言となった番頭だったが、すぐに反応した。

「三名の者、山里伊賀者として任を命じる」

女だらけの大奥との交渉を一手に引き受けているのだ。すべてにおいて敏感でなければ、御広敷番頭という難役をつとめることはできなかった。

「はっ。身命を賭《と》しまして」

三人の若い伊賀者が平伏した。


御殿坊主をとりまとめる同朋は、殿中でもっとも耳が早かった。

「そうか。山里伊賀組の補充がなったか」

同朋頭永道斉《えいどうさい》が、うなずいた。

「三名だそうで。それぞれに伊賀組同心の次男、三男などのやっかい者ばかりが、新規お召し抱えという形で」

御広敷を担当する御殿坊主が告げた。

報告は、三枝鋳矢が、御広敷を出て小半刻《こはんとき》（約三十分）もたたないうちであった。

「他には」

「御広敷には今のところなにも……」

御殿坊主が首を振った。

「そうか。大奥には春日局《かすがのつぼね》さまがおられる。そのあたり、とくに注意いたせ」

「承知いたしましてございまする」

永道斉の命を受けて御殿坊主が去っていった。

「伊豆守さまじゃな」

一人になった永道斉がつぶやいた。

「どうするかの」

永道斉が、目を閉じた。

御殿坊主には、城中の雑役以外に、もう一つの顔があった。

生《い》け贄《にえ》である。

もとは遣唐使のころにさかのぼる。幼稚な船で海を渡らなければならない船乗りたちにとって、航海とは神頼みであった。とくに嵐は神の怒りと怖《おそ》れられていた。つまり、嵐から助かるには、神の怒りを鎮めるための生け贄が要ると考えていた。その習慣が戦国まで残り、戦勝祈願の生け贄として捧げられた戦陣坊主と呼ばれた僧侶こそ、御殿坊主の原型であった。

ただ、戦国が終わったことで、戦陣坊主の役目も変わっていた。生け贄として捧げられる立場から、つくり出すほうへと変化したのだ。

もちろん御殿坊主のほとんどは、剣さえ持ったこともない。御殿坊主のなかの一つ、御霊屋《みたまや》坊主が、徳川に仇なす者を人知れず葬り去る刺客であった。

御霊屋坊主とは、徳川の歴代将軍を祀《まつ》った霊廟《れいびょう》の世話をするのが、表向きの仕事であった。といったところで、家康の遺体は日光、秀忠は増上寺に葬られている。御霊屋坊主が守を務めるのは、紅葉山に設けられた分祀《ぶんし》廟である。いわば、形だけの役目であった。

「伝えておくべきだな」

永道斉が立ちあがった。

江戸城の奥、紅葉山は、立ち入り禁止ではないが、役人、大名も遠慮して来ることはなかった。

「深泉《しんせん》おるか」

「おうよ」

秀忠の御霊屋から声が返ってきた。

「なんじゃ、永道斉」

深泉が御霊屋から出て来た。

御霊屋の世話をする坊主は、白装束を身にまとったうえ、息がかからないよう、白い紙で口を覆っている。全身白ずくめ、まるで生きた死者のようであった。

「ちと耳に入れておかねばならぬことができた」

「ほお」

永道斉の言葉に、深泉が反応した。

御霊屋坊主も同朋の支配下にあるが、横柄な態度をとっても許されていた。それは、他の御殿坊主のように、大名役人の雑用を果たすことで心付けをもらうという余得がないことと、任に出るときは死をつかさどるからであった。

「山里伊賀者が補充された」

「当然のことではないか。足りなくなれば増やす。多すぎれば減らす。とくに役つきには定員がある。そろえるのが慣習であろう。もっとも御霊屋坊主の追加は、まだのようだがの」

深刻そうな永道斉へ、深泉が笑った。

大坂夏の陣から二十年をこえた。戦がなくなれば、戦陣坊主の出番はなくなる。これは御霊屋坊主にも言えた。大名たちが幕府の意向をくみとり、戦々恐々としたがうようになってしまえば、刺客の需要は薄くなる。

なにより、任で人を殺し、場合によっては殺されるだけの覚悟をもつ者がいなくなっていくのだ。

家康、秀忠の御霊屋の世話をするということで、目通り格を許される御霊屋坊主になるより、御殿坊主でいながら、小金を稼いでいるほうが、ましと考える者がほとんどとなっていた。

「補充の件は、しばし待ってくれ」

永道斉が、述べた。

「なんならおぬしでもよいのだぞ」

「勘弁してくれ。剣術などやったこともないのだ」

深泉のからかいに、永道斉が苦笑した。

「で、伊賀者の新規召し抱えをわざわざ言いに来たのか」

「用件はそれだけなのだがな。伊豆守さまのご指示だそうだ」

「……なるほど」

うなずきながら、深泉が永道斉を見た。

「大炊頭さまか」

「おそらくな」

深泉の問いに永道斉が首肯した。

「執念深いことだ」

土井大炊頭が真田家へ向ける悪意は、すでに妄執となっていた。

先日、御霊屋坊主も土井大炊頭の命で真田信政を襲い、伊織によって撃退されている。そのおり、御霊屋坊主の一人、宗達《そうたつ》は討たれた。

「もう一度来るな」

御霊屋坊主という特殊な任が、失敗の責めを負わずにすんでいた。咎《とが》め立てて放逐したならば、家康と秀忠の御霊屋を世話する者がいなくなるのだ。かといって裏のある御霊屋坊主の次をすぐに探せるものではない。いつ将軍の参拝があるやも知れぬ御霊屋の管理をおこなう者を一日とはいえ空席とすることは、二代秀忠の功臣といえども許されなかった。

「……すまぬな」

それでも土井大炊頭の命を拒むことはできない。

「御霊屋坊主の歴史を終わらせるか」

深泉が言った。

「……そうなる」

辛《つら》そうに永道斉が横を向いた。

御霊屋坊主となるには、並大抵ではない武術の修行が必要であった。泰平の世となれば、武は廃《すた》れ、文が幅をきかせる。御殿坊主の家でも、生まれた子供に武術を学ばせるより、四書五経を教えることを優先する。

何人か、文が合わず武に才能を示した者もいるが、まだ御霊屋坊主となるには、不足であった。

跡継ぎのいない状況で、死と隣り合わせの任へ出す。万一、深泉が討たれれば、御霊屋坊主はいなくなる。いや、御霊屋の世話をするだけの坊主は、すぐにでも補充される。が、真の御霊屋坊主は滅びるのだ。

「見合うだけのものを頼むぞ」

「まかせろ」

深泉の申し出に、永道斉がうなずいた。

死を運ぶ御霊屋坊主に与えられるのは、名誉でも出世でもなかった。残された遺族の生活を保証するだけの金、それが任の褒賞であった。

「一箱といいたいところだが……」

「無理を言うてくれるな」

一箱とは千両である。千両あれば、四人家族が五十年は喰《く》えた。

「なんとか三百両はもらってくれる」

永道斉が宣した。

「三百か。悪くないの。息子に商売をさせる元手くらいにはなりそうだ」

満足そうに深泉が首肯した。

「死ぬために生きる。こんな馬鹿な役目から、吾が血筋を解き放ってやりたい」

「……………」

深泉の思いを、永道斉は無言で聞いた。

三

三枝鋳矢は、新規に増やした配下の腕を試すことにした。

「真田の中屋敷へ忍べ」

「なにをいたせばよろしいので」

最初に声をかけた太田の次男辰之介《たつのすけ》が問うた。

「なにもせずともよい。ただ、屋敷の配置を見てくるだけでいい」

「そのていどのこと」

鼻先で笑ったのは、二人目に誘った山崎の三男虎三《こぞう》であった。

「なにか証拠は要りませぬのか」

最後に口を開いたのは、佐田の次男次郎左《じろうざ》である。

三人の言いぶんに、三枝鋳矢が腕を組んだ。

「証拠か」

「藩主嫡男の首でも取って参りましょうか」

山崎虎三が、口にした。

「それもおもしろいが、信政の命はとるなとの御諚《ごじょう》じゃ。信政は、家康さまの孫にあたる。義理とはいえな」

三枝鋳矢が止めた。

「ふむ。証拠のう……」

腕組みをしたまま、三枝鋳矢が目を閉じた。

「そなたたち、真田には戸隠巫女《みこ》という女忍がおることは知っておるな」

「はい」

三人がそろって首肯した。

「ならば、ちょうどよい。真田の中屋敷には、戸隠巫女が何人か配されておる。もちろん、戸隠巫女でございと看板をあげているわけではない。そこでだ、一人でいい。戸隠巫女を見つけて参れ」

「戸隠巫女なれば、倒してよろしゅうございますな」

ふたたび虎三が、言った。

「うむ。戸隠巫女は、伊賀者を殺してくれた憎き相手じゃ。やれるならば、やっていい」

「ふん。たかが女忍。なにほどのことがございましょう」

次郎左が、胸を叩いた。

「頼もしいことを言う」

三枝鋳矢が、一度言葉を切った。

「ただ、申しておくが。儂が命じたのは、戸隠巫女を見つけてこいである。そこを忘れるな。あと、戸隠巫女を侮るなよ。戦国を生きのびた真田を支えた忍ぞ」

念を押すように三枝鋳矢が告げた。

「承知」

「では、行け」

受けた三人を、三枝鋳矢は送り出した。

「戸隠巫女に勝てぬようならば、山里伊賀者としては使いものにならぬ。なにより生きて帰ってこなければ、伊賀者としても失格じゃ。役立たずならば、早いうちに取りかえねばならぬでな」

一人になった三枝鋳矢が酷薄な表情を浮かべた。


伊賀者の襲撃で破壊された真田家中屋敷の御殿は一応の修復を終えていた。

しかし、信政が政務を見る御座《ござ》の間の襖《ふすま》は、白紙を貼っただけの簡素なものとなっていた。

「絵師の手配をいたしておりますれば、今しばし、お待ちくださいますように」

近習《きんじゅ》組頭が頭をさげた。

「よい。襖など風を防げればいい」

信政が首を振った。

戦いの場となった御座の間は、ほとんど全壊していた。襖は無残に破れ、畳には敵味方の血が塗りたくられていた。

「こうやって道具はもとに戻せる。だが、失われた者は帰ってこぬ」

大きく信政が息をついた。

信政を守って、何人もの近習が死んでいた。

「武士の定めでございまする。死んでいった者も悔やんではおりませぬ」

なぐさめるように近習組頭が言った。

「聞いたわけではあるまいに」

小さな声ではあったが、信政は近習組頭の言葉を否定した。

信政は死の恐怖を知っていた。

慶長十九年（一六一四）、十八歳の初陣《ういじん》を信政は大坂で迎えた。大坂冬の陣である。父信之、兄信吉とともに出陣した信政は、大坂城の西今橋口を守る猛将毛利勝永と交戦、敗走していた。

毛利勝永の軍勢に追われて、震えながら逃げ出したことを信政は、いまだに夢に見ていた。

「人は死ねば終わりなのだ」

「仰せのとおりでございまする」

すなおに近習組頭が首肯した。

「ですが、殿のお命と我らでは、比べものになりませぬ」

近習組頭が続けた。

「どこが違うというのだ」

「藩士一人死んだところで、誰も困りませぬ。たしかに、遺族は悲しみましょう。ですが、殿を守ってのことなれば、家は残りまする。跡継ぎがいれば、禄を増やしたうえで相続が認められ、なければ一族から探してでも立てましょう。遺《のこ》された者の生計《たつき》に傷はつきませぬ」

「当然だ」

信政が同意した。

「しかし、殿がお亡くなりになったとすればどうなりましょう。失礼ながら、ご寿命を迎えられた、あるいは病に倒れられたならば、お世継ぎさまの手続きも終わっておりましょうほどに、さほど波風はたちませぬ。ですが……」

一度止めて近習組頭が、信政へ瞳を向けた。

「うっ……」

光る瞳に見つめられて、信政が気を押された。

「先夜のような、不慮のことで死なれてしまえば、藩は潰れまする。不審な末期《まつご》を幕府は見逃してくれませぬ。世継ぎの不審な死、にらまれている真田でございまするぞ。幕府は待ってましたと手出しをしてくれましょう。よくて減禄のうえ転封。下手すれば改易でございまする。松代藩が潰れれば、どうなるか、おわかりでございましょう。千をこえる藩士が、禄を失い、それに数倍する家族が路頭に迷うことになるのでございまする」

「…………」

信政はなにも言えなかった。

「人は生まれを選ぶことはできませぬ。大名の家に生まれた者は大名に。百姓として生まれた者は百姓に。これは変えられませぬ」

「生まれたときから責任があると言うか」

「さようでございまする」

はっきりと近習組頭が言った。

「申しわけなき仕儀ながら、殿にはまだ死んでいただいては困るのでございまする」

「よくぞ申したわ」

苦笑しながら信政が言った。

「ご無礼をお許し下さいませ」

近習組頭が詫びた。

「よい。少し喉が渇いたの。茶を」

「ただちに」

茶道衆へ指示するため、近習組頭が、離れた。

「余は、真田の跡取りに生まれたかったわけではないわ」

信政が、つぶやいた。


大名屋敷の夜は暗い。戦国の気風が色濃かったころは、まだ庭のあちこちでかがり火を焚《た》き、夜通しの番士もいたが、泰平に慣《な》れた今は、経費節約のため中止されていた。

真田中屋敷の隣家の屋根に三つの影が浮かんだ。

「暗いの」

太田辰之介が、小さく漏らした。

「つごうがよいではないか。我ら伊賀ほど闇と親しい者はおらぬ」

山崎虎三が、述べた。

「暗きところこそ、伊賀の場よ」

佐田次郎左が含み笑いをした。

「まずは、吾が行く」

虎三が、屋根の上で立ちあがった。

「待て、勝手なことをするな」

次郎左が止めた。

「独り占めする気か」

「…………」

咎めだてされて虎三が沈黙した。

「三つに分けるべきだな」

辰之介も口を出した。

「御殿は俺がもらう」

虎三が言い張った。

「すべてではないか。少なくとも御殿は表と奥にすべきぞ」

きびしく次郎左が虎三を指弾した。

「では、表と奥、それ以外の三つでいいな」

虎三が述べた。

「表だ」

次郎左がすばやく取った。

「ふん。戸隠巫女は女ぞ。表より奥にいるはずだ」

出遅れた強がりを虎三が口にした。

「では、いくぞ」

二人とも辰之介のことを無視していた。

「建物の外は、拙者のものか。広いな」

一人遅れて屋根から、駆け下りながら辰之介が苦笑した。

「早いの」

辰之介が真田の塀に取りついたとき、すでに二人の姿は真田屋敷に消えていた。

「まずは庭からだ……」

音を殺して、辰之介は庭へ降りた。

屋敷の床下へ入りこんだ次郎左は、すぐに御座の間を探しあてていた。

「忍返しか」

床下には鉄の棒を埋めた仕切りがいくつも設けられていた。

「厳重なところほどたいせつ。ここが御座の間よな」

次郎左が懐から小さな鋸《のこぎり》を取り出した。

「襲われたばかりだ。世継ぎのまわりを戸隠巫女が固めているはず」

ゆっくりと次郎左が鋸で仕切りを静かに切り始めた。

「忍に対することができるのは、忍だけ。そこに手柄はある」

すばやく鉄の棒を切断して、次郎左が仕切りの奥へと身を滑りこませた。

「やっと来たか」

「げっ」

いきなり声をかけられた次郎左が驚愕した。

「馬鹿な、気配などなかった」

あわてて次郎左が、忍刀に手をかけた。

待ち伏せしていた神祇衆は、すでに短刀を鞘《さや》走らせていた。

「未熟を恨め」

短刀が、次郎左の首を深々と貫いた。

「……くひゅ」

喉をやられた次郎左は、断末魔の声を出すこともできず、絶息した。

奥へ忍んだ虎三は、天井裏にあがっていた。

「正室の部屋はどこだ」

虎三が天井裏から、下を覗《のぞ》いた。

真田信政の正室は、越後三条藩主稲垣重綱《いながきしげつな》の娘である。稲垣重綱も関ヶ原では秀忠の指揮下で、上田城へ攻めかかり、真田昌幸に翻弄された一人であった。奇《く》しくも信吉、信政と真田の嫁は、関ヶ原で昌幸に負けた大名から来ていた。

「なかなかの女ぞろいよな」

見下ろすと、何人かの女中が、就寝のための準備をしていた。

「…………」

夜具を敷いている女中一人一人の気配を虎三が探った。

「違うな」

虎三が、動いた。

「あそこか」

ひときわ気配の集まった箇所を虎三が見つけた。

そっと天井板をずらすと、下にはひときわ豪奢《ごうしゃ》な夜具をまとった女が眠りについていた。

「正室だ。ということは」

目だけで、虎三が周囲を確認した。

御台所《みだいどころ》の側《そば》では、添い寝の女中が、やはり夜具にくるまって寝ていた。正室と添い寝の女中から少し離れたところに、不寝番の女中が二人座っていた。

「あれだな」

虎三の目が光った。

「二人同時はきびしいか。どちらか一人、厠へでも行かぬかの」

懐から棒手裏剣を取り出しながら、虎三がつぶやいた。

「一人でも無理だの」

「なにっ」

背中からかかった声に虎三が振り向いた。

天井から女がぶら下がっていた。

「…………」

虎三が手裏剣を投げようとした。

「判断が遅いわ」

神祇衆が逆さのまま、八方手裏剣を撃った。

薄い鉄の板の周囲に八本の切っ先をつけたような八方手裏剣は、鉄の棒を伸ばした棒手裏剣のように、骨を砕く威力はない。だが、当たれば肉を裂き血脈を断つ。

「ぎゃっ」

胸に手裏剣を受けた虎三が苦鳴をあげた。

「殺しはせぬ。ちと訊きたいことがあるでの」

続けて虎三の四肢の付け根へ八方手裏剣を撃ちこんだ神祇衆が、笑った。

「落ちろ」

天井板を外して、神祇衆が虎三を下へ落とした。

下で待っていた四人の女が、すばやく虎三を押さえつけた。

「えっ」

豪奢な夜具へくるまっていた正室まで加わっていることに、虎三が目を見張った。

「愚か者め。この部屋におるのは、すべて神祇衆じゃ」

「罠《わな》か」

「あきらめろ。戸隠修験に伝わる仕置きの技。死にたくなるほどの痛みというのを教えてやろう。しゃべらせてくれと、そちらから泣いて頼むことになる」

天井裏から虎三を落とした神祇衆が語った。

「くっ」

舌を嚙《か》もうとした虎三の顎《あご》がはずされた。

「甘いわ」

「伊賀が仲間を殺された恨みを忘れぬのと同じ。我らも輩《ともがら》の命を奪った者を許しはせぬ。朧《おぼろ》の仇《かたき》、楽に死ねるとは思うなよ」

神祇衆が、震える虎三へ冷たく告げた。

庭の片隅で、辰之介は動かなかった。

「……いる」

中屋敷は上屋敷ほど大きくはないが、それでも庭はちょっとした鎮守の森ほどの広さがあった。そのなかに辰之介は、己以外の気配を感じとっていた。

「二つ……いや……三つか」

辰之介が数えた。

「もっとも近いのは、あそこか」

地に顔をつけるようにして、上を見あげると、星明かりで木々の影がくっきりと浮かびあがる。立木の幹がわずかに膨らんでいるのを、辰之介は見つけていた。

「動くのは、命取りよな」

漆黒の闇に溶け込む柿渋染めの忍衣装といえども、動けば目立った。闇がゆらぐ。常人ならまず気づかないが、忍相手には通用しなかった。

「気配を知るだけでよいと組頭は言われていた」

辰之介は、ちらと御殿へと目をやった。

「どうやら二人は、失敗したようだな」

二人の姿があまりに長く見えないことに、辰之介は最悪の事態を悟っていた。

「しっかり待ち伏せされていたということだ。組頭どのも人が悪い」

じりじりと辰之介は、後ずさりし始めた。

「生きて帰るが忍の本分」

塀際まで退いた辰之介が、跳ねた。そのままの勢いで駆け出した。

「よろしいのでございまするか」

木の上にいた神祇衆が問うた。

「逃がしたことか」

ふっと先ほどまで辰之介が居た庭へ影が湧いた。

「はい」

「三人とも殺しては、伊賀者の危機をあおるだけだ。己は逃げられたという自信が、つぎの慢心となる」

影が月明かりの下へ姿を現した。

「霞さま」

木の上の神祇衆が、呼びかけた。

「捕まえたやつの顔を拝んでくるとしよう。油断するな。伊賀は一筋縄でいく相手ではない。今の三人をわざと撃退させて、気の緩《ゆる》みを誘う手かも知れぬ」

「承知いたしました」

霞の言葉に神祇衆が首肯した。

四

闇の争闘は、人の知れないところで終わった。

だが、信政警固として中屋敷に寝泊まりしている伊織は、みょうな圧迫を感じ、寝付けなかった。

「まだ起きていたか」

伊織が与えられている長屋へ、霞が戻ってきた。

「なにかござったか」

一目で伊織は、霞の身体から出る殺気に気づいた。

「少し戻るのが早すぎたか」

霞が苦笑した。

「なにがあったのだ」

「伊賀者が入りこんだ。ただそれだけよ」

淡々と霞が告げた。

「若殿さまは」

伊織が身を乗り出した。

「無事に決まっておろう。ふん。お姿さえ拝ませなんだわ」

霞が胸を張った。

「予測していたな」

低い声で伊織が問うた。

「あたりまえだ。神祇衆は、闇から真田を守る盾ぞ」

「闇か……」

「乱世の争いと、今の戦いはまったく違っている。考えてみろ。幕府ならば真田をいつでも潰せるはずだ。数万の兵を送ればいいのだからな」

松代真田家の兵力は、すべてあわせて三千ほど、数万の兵を向けられれば、滅びるしかなかった。

「だが、それを幕府はせぬ。なぜだ。真田を攻める理由など、いくらでも作り出せる。そうであろう」

「うむ」

伊織は首肯するしかなかった。

「福島正則どのが改易を見てもわかる。ちゃんと幕府へ届けた城郭修理が、無断であったとされて、あっさりと取り潰された。届けを受けとった幕閣が、そのまま握り潰したのだ。あんなものだまし討ちでしかない。その手で真田を攻めても、世間はなにも言わぬ」

「………」

「なぜか、幕府は戦を仕掛けてこぬ。たしかに戦には膨大な金がかかる。江戸から軍勢を松代へ向けるだけで数万両の金が飛ぶ」

「金のことではなかろう」

ようやく伊織は口を出した。

「松代十三万石を取り潰して、天領へ組みこめば、一年で何万両という金が幕府へ入る。戦費など数年で取り戻せよう」

「うむ。よくわかったな」

「馬鹿にするな」

ほほえむ霞へ、伊織は反発した。

「ではなぜ幕府は戦を嫌がるのか、わかるか」

「わからぬ」

伊織は首を振った。

「わたくしにもそれはわからぬ。ただ、戦は表から闇へと移ったことだけは、たしかだ」

「拙者はどうすればいい」

斬馬衆として信政の警固につけられた伊織は、闇の戦いとはいえ黙って見ているわけにはいかなかった。

「今は、おぬしの出番ではない」

霞があせるなと伊織を諫《いさ》めた。

「今宵は、出陣前の嫌がらせのようなものだ。いずれ、本式に攻めてくる。そのとき、斬馬衆として、若殿を守るのが、おぬしの任。それまでの雑事は、我ら神祇衆の仕事よ。うかつに手を出されては、かえって流れが狂う」

「……わかった」

伊織は首肯するしかなかった。

「もう休まれよ。なんなら添い寝してやろうか」

小さく霞が笑った。

「な、なにを……」

「では、休ませてもらおう」

焦る伊織を残して、霞が引きあげた。


「そうか。中屋敷にな」

翌朝、真田信之のもとへ、伊賀者襲撃の一件が報された。

「飯篠、捕らえた伊賀者はどうなった」

真田信之が、神祇衆の頭飯篠新無斉へ問うた。

「生かしておりまする」

「なにかしゃべったか」

「いろいろと語ってはくれましたが、どうやら任に就いたばかりのようで、肝腎なことはなにも知らされておらぬようでございまする。ただ、山里伊賀者となるについて、松平伊豆守の名前を組頭が使ったそうで」

「そうだろうの」

飯篠新無斉の返事に、真田信之がうなずいた。

「伊賀者など、駒に過ぎぬ。いや、駒どころか使い捨ての道具だな」

真田信之が眉《まゆ》をしかめた。

「松平伊豆守さまは動かれたとわかりました。しかし、土井大炊頭さまの手がまったく見えて参りませぬ」

不安を飯篠新無斉が口にした。

「たしかにの。城中でも前のように絡んでこぬ。といったところで、あきらめたわけではないことはまちがいない」

「神祇衆を張りつけましょうか」

「隙《すき》を見て討つか」

「はい」

先日も検討したことであった。

「よかろう。ただし、神祇衆は三人までしか遣うな。それ以上かけるだけの値打ちなど、土井大炊頭にはない」

「かたじけなきお言葉」

飯篠新無斉が平伏した。

「念を押すまでもないが、土井大炊頭の命を狙うは二の次ぞ。まずは、あやつがなにを考えているか知ることが肝腎なのだからな。やってくることさえわかれば、防ぐのは容易じゃ。老中を殺すより、はるかに安全なのだ」

「わかっておりまする」

首肯して飯篠新無斉が出ていった。

神祇衆は戸隠修験の流れをくんでいる。山に籠《こ》もり、身体を鍛え、精神を高めようとした修験者たちの修行は、まさに命がけであり、途中で脱落する者、命を落とす者もかなりいた。大の男でさえ耐えるにきびしい修行を生きぬいた者が、神祇衆となることができた。

「靄《もや》、颪、霰《あられ》、土井大炊頭の動きを探れ」

上屋敷の片隅に勧進されている戸隠神社の社が、神祇衆の控え場所であった。飯篠新無斉は、控えに戻るなり、配下を呼び出して命をくだした。

「はっ」

三人が受けた。

「見張るだけでよろしいのでございましょうか」

霰が質問した。

「やれると思ったときは、手を下してよい」

「承知いたしましてございまする」

満足げに霰が頭をさげた。

「ただし、命と引き替えなどの無理は許さぬ。よいか、土井大炊頭を葬り去ったとしても、真田へ疑いがかかっては、まったく意味がないどころか、家を潰すことになる。絶対の自信があっても、今一度考えよ。よいな」

飯篠新無斉が釘を刺した。

「まずは、土井大炊頭の動きを調べることに専念いたせ」

「お頭。土井大炊頭の守りはどうなってございましょうや」

風が問うた。

「土井大炊頭は神君家康公のお血筋と言われておる。お血筋には、警固の忍がつくという。土井大炊頭のもとにも、おると思え」

「はっ」

忠告を風が聞いた。

「行け。連絡は、日に二度。かならず三人の安否を確認した者が、参るようにいたせ」

三人の神祇衆が、うなずいた。

霞に止められたとはいえ、なにもせぬわけにはいかぬと伊織は、就寝前に屋敷の周りを一度見回ることにした。

「お供せずともよろしいので」

見送りながら弥介が言った。

「斬馬刀を持っていくわけではない」

伊織は、首を振った。

「鞘をなんとかいたさねばなりませぬな」

いつ襲撃があるかわからないために、斬馬刀は鞘を失ったまま、油紙でくるまれて長屋に保管されていた。

「いたしかたあるまい。鞘をあつらえるには、どうしても斬馬刀を預けねばならぬ」

刀の鞘は、大まかに形を合わせた二枚の板を内と外から削って作る。反りや長さが刀によって違うため、微妙な調整にどうしても本身が必要であった。

いい加減に作った鞘は、抜くときに引っかかったり、ゆるすぎて傾けただけで刀身が抜けてきたりして、非常に危険である。

「行ってくる」

「お気を付けて」

弥介に送りだされた伊織を、屋根の上から霞が見下ろしていた。

「愚かなことを」

霞がつぶやいた。

斬馬刀で何人もの仲間を倒した伊織は、伊賀者にとって仇である。神祇衆の結界が張られている屋敷のなかにいればこそ、いままで無事ですんでいたのだ。

「だが、ああでなくては好ましくない」

ふっと霞の目が柔らかくなった。

「命じられずとも、己のできることをする。あのような者がおるかぎり、真田は安泰だ」

霞がつぶやいた。

中屋敷の大門は暮れ六つ（午後六時ごろ）に閉ざされ、緊急でないかぎり翌朝明け六つ（午前六時ごろ）まで開かれることはなかった。

「しばし出て参るゆえ」

門番にそう告げて、伊織は潜《くぐ》り門を開けた。

「攻められるものならばの」

月夜に浮かぶ江戸城の白壁を、伊織は見あげた。

「昌幸さま、信之さま、幸村さまのお三方が力を合わせれば、真田は天下を取れたのではないか」

真田の藩士として、誰もが思うことであった。

「いつか、また乱世が来るだろう。鎌倉、室町が滅びたように、徳川の終焉《しゅうえん》もかならずくる。そのとき、真田が天下に覇を唱えるためには、雌伏《しふく》のときを生きのびねばならぬ」

伊織は、表情を引き締め、歩き出した。

第八章　闇の復讐

一

「一人か。まあ、このようなものだな」

三枝鋳矢が、帰ってきた辰之介を見た。

「庭に少なくとも三人おりました」

辰之介が報告した。

「場所は、ここと、ここと、ここに」

さっと懐紙に書いた中屋敷の見取り図を辰之介が示した。

「虎三と次郎左は、どこで消えた」

「表御殿へ次郎左。奥に虎三が」

問いに辰之介が答えた。

「おのれの腕とつりあわぬところへ、入りこんだのがまちがいだな」

冷たく三枝鋳矢が言った。

「よかろう。下がって休め」

三枝鋳矢は、辰之介を下がらせた。

「なかなか使える者はおりませぬな」

じっと黙っていた、山里伊賀者小頭数屋喜太《かずやきた》が口を開いた。

「そちらはどうだ」

「なんとか二人は見つけましたが」

数屋喜太が述べた。

「いつ来る」

「今日中には参りましょう」

真田家襲撃で、山里伊賀者はじつに六名中四名を失うという大損害を出していた。山里伊賀組の定員は九名であった。もっともそのうち三名は本来の役目である山里口の番人数に割かねばならぬため、隠密御用をおこなうのは六名だけであった。失った隠密御用伊賀者補充のため、三枝鋳矢は組内で、数屋喜太は高尾山まで人を探しに出向いていた。

高尾山は伊賀者の修行地であった。

かつては本国伊賀まで修練のため出していた。しかし、遠すぎるうえ、伊賀が藤堂家の領土となったことで、江戸に近い高尾山へと修行の場所を移したのである。

「ようやく定員か。それも経験なしばかり」

三枝鋳矢が苦い顔をした。

「いたしかたございませぬ。苦しい修行をせずとも、生きては行ける世になりましたゆえ、忍は生きづろうございますな。せめてもう少し禄がいただければ、まだやる者もふえましょうが」

「不足を言いたてても、しかたない。伊豆守さまのご命をするについてだが……」

数屋喜太の不満の相手をせず、三枝鋳矢が、話を始めた。

「松代を潰さぬていどの傷というご注文でございましたな」

「うむ。転封、あるいは減封となるていどのものを見つけだせとのご意向である」

数屋喜太の答えに、三枝鋳矢が首肯した。

「隠し田では弱い」

領地の石高を密《ひそ》かに増やす隠し田は違法であった。諸大名は幕府から与えられる安《あん》堵状《どじょう》に記された石高だけしか領してはいけないことになっているからだ。

しかし、領地の経営は大名の任でもある。さらに新田の開発を幕府は推奨していた。よって、隠し田は、幕府にとって咎めだてる材料ではあったが、それほどきびしくできなかった。

「幕府から詰問されたとき、不安定なことをご報告するわけにもいかず、収穫を確定してからと考えておりましたと答えれば、罪には問われないのが慣例でもある。これでは、せいぜい叱りおくまでだ」

三枝鋳矢が首を振った。

「領地の政に問題ありとするのは……」

「一揆などを起こさせるか」

提案に三枝鋳矢が苦笑した。

「たしかに城下に一揆が迫れば、無事ではすまぬな」

寺沢広高を始め、領地で一揆を起こされ、潰された大名は多い。潰されなくとも、領民の不満が表に出れば、転封は免れなかった。

「真田の治世は、評判となるほどよいのだ。一揆を起こすには、かなりのときをかけて、領民どもの不満を練りあげていかねばならぬ。数年ではきくまい。伊豆守さまのご要望は、早急にとのことだ」

「謀反の証拠をでっちあげるのは……」

「真田が潰れてしまうではないか」

幕府にとって最大の罪は謀反である。謀反の罪の報いはただ一つ、改易であった。例外はなく、家康の息子六男松平忠輝でさえ、所領を没収され、流罪になっている。

「むつかしゅうございまするなあ」

数屋喜太が嘆息した。

「だが、応じぬわけにはいかぬ。我らは金をもらうのだ」

三枝鋳矢が述べた。

伊賀者に与えられる禄は三十俵二人扶持しかなかった。一人扶持は、一日玄米五合を現物支給されることで、本禄と合わせたところで、一年十二両にしかならなかった。一両あれば、一カ月四人家族が喰える。これは庶民の話であった。伊賀者とはいえ、御家人としての体面や、素養としての武術学問などを身につけねばならないだけに、とてもではないが、この額では生きていけなかった。また、組頭になったところで、五人扶持になるだけで、ほとんど変わらない。

そこで伊賀者は、表向きの任以外を金で請けおうことにしたのだ。

「三十俵二人扶持は、山里口を警衛するための禄でございまする」

叛乱《はんらん》ととられてもしかたない言いぶんであったが、幕府は了承した。

隠密《おんみつ》は幕府にとって必要不可欠であった。諸大名の内情を探索し、ことしだいによっては罰を与える。そのための下調べは隠密の仕事であった。かといって、禄高をあげると、隠密御用のないときでも支払わねばならない。何十年という期間で見れば、御用ごとに金を払うほうが、安くつく。

隠密御用は、伊賀者にとって命をつなぐたいせつな副業となっていた。

「失敗は許されぬ」

はっきりとした取引である。役目ならば、失敗しても、どれほど日にちがかかっても、禄は保証された。なれど、金の遣《や》り取りは別であった。命じられた任を果たさねば、金がもらえないのは当然である。

「真田の傷はなにかないか」

「沼田はいかがでございましょう。たしか当主はまだ幼かったはず」

支藩の失策が本藩までおよぶことはままあった。

「幼君か。前の当主はたしか真田信吉だったな。ふむ。その死を掘り起こすか」

ふと三枝鋳矢が口にした。

「真田伊豆守信之が嫡男でござるな」

すぐに数屋喜太が理解した。

文禄四年（一五九五）に生まれた真田信吉は、父信之の正室小松の方ではなく、側室の子であった。元和二年（一六一六）、信之が沼田から上田へ移封したあと、三万石を与えられて藩主となった。

幕府老中酒井雅楽頭《うたのかみ》忠世の娘を正室に迎え、外様小藩の大名として順風満帆な状況であったが、寛永十一年（一六三四）、四十歳の若さで亡くなった。沼田藩三万石は、祖父酒井雅楽頭の尽力もあって、わずか三歳の嫡男熊之助へ許された。

「沼田は、今、真田信政のもとにある」

跡継ぎが小さすぎたこともあって、幕府は沼田藩の後見を真田内記《ないき》信政へ命じていた。

「それがどうかいたしましたか」

数屋喜太が首をかしげた。

藩主が若死にし、跡継ぎが小さいために後見人を付けるという話は、どこにでもある。

「信吉はな、小松姫のお腹ではない。すなわち、家康さまとはまったくかかわりがない」

三枝鋳矢が語った。

小松姫とは、徳川四天王として、勇猛で聞こえた本多忠勝の長女であった。天正十三年（一五八五）、北条氏との約束を守るため上田城を攻めた本多忠勝は、信之の見事な用兵に感心し、娘を嫁がせたいと家康へ願った。てごわい真田家の分断を考えた家康は、忠勝の娘を養女として、信之に娶《めと》らせ、徳川方へ引き込むことに成功した。

「幕府にしてみれば、真田の跡継ぎには、義理とはいえ、家康さまのお血筋が望ましいのは当然じゃ」

「たしかに」

話に数屋喜太が首肯した。

「まさか、真田信吉は、幕府によって……それでは、探る意味がござらぬ。どころか、下手すれば、我らにも危難がおよびまするぞ」

あわてて数屋喜太が、手を振った。

「幕府でなかったとしたらどうだ」

「どういうことで。他に誰が」

「真田信之よ」

問う数屋喜太へ、三枝鋳矢が告げた。

「子を殺すか」

手を組んで、数屋喜太が目を閉じた。

「家を残すため、父と弟を犠牲にした信之ぞ。それくらいのこと、しかねぬと思わぬか」

三枝鋳矢が言った。

「真田を継がせるのは、小松姫が産んだ子でなければならない。なれど、徳川には家康さまの定めた長子相続の掟《おきて》がある」

嫡男ではない忠長を跡継ぎとしたがった二代将軍秀忠を、家康は抑え、家光を三代将軍につけた。これは、幕府が長子相続を守れと宣言したに等しい。

「だが、真田が生き残るには、徳川最大の功臣本多忠勝の血を引く子供に跡を継がせなければならない。となれば……」

「子殺し。いや、沼田藩主殺し。もっとも沼田は藩内藩で正式には藩主ではない。なれどお家騒動には違いなし」

家督を巡ってのお家騒動は、大名へ罰を与える大きな理由であった。

「表沙汰にはできぬ。家康さまとの密約があるからの。といったところで、真田にとっての弱みには違いない。これを盾に取れば、減禄のうえ転封の処分も甘んじて受けざるを得まい」

数屋喜太の言葉を受けて、三枝鋳矢が述べた。

「そのような証拠を残しておりますかな」

「真田信吉の死は、表向き病死となっておる。ならば、診た医者がおろう。そやつを探し出す」

「ちとお待ちを……」

組頭を制して数屋喜太が、詰め所の隅に積まれている書物を手にした。

「真田、真田……あった。真田信吉は寛永十一年（一六三四）に沼田で病死、遺骸は茶毘《だび》にふしたとありますぞ」

「沼田で死んだか。よくぞ人質たる嫡男が国入りが許されたものだ。まあ、それはいい。御上が決めたことだ」

「誰ぞ、沼田まで走らせましょうや」

「いや、藩主嫡男の病気ともなると、江戸藩邸のお抱え医師が出向く。医術はやはり江戸が一番だからの」

「なるほど。江戸の医者を調べればよいわけでござるな」

さっと数屋喜太が立ちあがった。

「拙者が、行って参りましょう」

「任せた」

三枝鋳矢が、うなずいたとき、数屋喜太の姿はなかった。


真田信吉に与えられた沼田は、藩中別家であった。従って参勤交代をする必要もなく、幕府お手伝いを命じられることもなかった。その代わり、信吉は藩主として国入りすることは許されず、人質として江戸に留《とど》まっていた。

真田信吉は、松代藩の上屋敷に間借りし、政務もそこで執っていた。

といっても、江戸ではわからぬことも多い。真田信吉は国入りを強く願い、酒井雅楽頭の後押しもあって、特例として許された。しかし、勇んで国へ入った真田信吉は、風土が合わなかったのか、沼田の地で客死した。

「松代藩お抱えの医者は……」

幕府の典医ならいざ知らず、よほどの大藩でも医者の俸禄は少ない。藩から与えられる禄だけでは不満だとほとんどの医者が、町中に居を構え、開業していた。

「さて、どいつが真田信吉の最期を看取ったかだが」

藩お抱えの医師となれば、一日藩邸に詰め、藩主、重臣、その一族の不例に備える。

一人でやっていては休みもなくなるため、数人が輪番でおこなっていた。

数屋喜太は、もっとも真田藩邸に近い本道の医者を選んだ。

「こいつから話を訊けばすむ」

大きく開かれた門を数屋喜太は潜《くぐ》った。

「ごめんを。こちらは、本道の医師どのがお宅であろうか」

表から堂々と数屋喜太は訪れた。

「どれどれ」

若い坊主頭の男が、玄関へ膝《ひざ》をついた。

来客の応対は、医者の家に住みこんで医術を学ぶ書生の仕事と、どこの医者でも決まっていた。

「いかにも。本道医牧村明庵《まきむらみょうあん》の屋敷でござる。ご診療をお望みか」

「さようでござる」

患者の振りを数屋喜太はした。

「では、しばらくお待ち下され。師のつごうをうかがってまいりますゆえ」

玄関脇の小部屋へ数屋喜太をとおして、書生が奥へと引っこんだ。

「つごうもなにも、吾以外の履きものがないではないか」

数屋喜太が小さく笑った。

「どれ」

音もなく数屋喜太が天井に張りつき、そのまま板を外して裏へと潜りこんだ。

「診てくださるとのこと……どこへ行かれた。厠《かわや》か」

小部屋の脇には来客用の厠が設けられている。厠の前で書生は待った。

「…………」

診療室を兼ねている薬剤調薬場で、明庵は患者を待っていた。

「薬を長く続ける患者であればよいがの」

明庵がつぶやいた。

医師の基本は済民の仁である。診療代金は無料と決まっていた。医師の儲《もう》けは、薬代にあった。山へ入ってただで取ってきた草木を干して砕いたものを薬として、高く売りつけるのだ。一日分が金一分、四日で一両などざらであった。

「薬は要らぬ」

「えっ」

不意に現れた数屋喜太に、明庵が驚愕した。

「康太郎《やすたろう》はどうした」

明庵が、書生の姿を探した。

「厠の番をしておるさ」

笑いながら数屋喜太が、明庵の首を摑《つか》んだ。

「な、なにをなさる」

「真田信吉の死について、知っていることを全部話せ」

「……なんのことでござる」

押さえられている首を必死に振って、明庵がわからないと言った。

「真田家のお抱え医師ならば、知らぬはずはあるまい。臨終を看取ったは、おまえか」

ぐっと数屋喜太が力を入れた。

「く、苦しい。愚昧《ぐまい》ではご、ござらぬ」

か細い声で明庵が否定した。

「では、誰だ。知らぬと言うなよ」

さらに数屋喜太が強く手を締めた。

「ひゃあ。仙堂藤伯《せんどうとうはく》」

笛のような声で、明庵が答えた。

「信吉の死に不審はなかったか」

「愚昧は脈を取っておらぬゆえ、わからぬ。藤伯が一人でご容態を診ておったのだ」

必死で明庵が首を振った。

「気になることはなかったのか」

「な、ない」

「そうか、ならば用はない。死ね」

ぐっと数屋喜太が力を入れた。

「た、助けてく……言う、言う」

明庵が必死に数屋喜太の手を叩いた。

「さっさと話せ」

ほんの少し、数屋喜太が手を緩《ゆる》めた。

「前日までまったくお身体に障りがなかったにもかかわらず、伊豆守さまが訪れられた翌日、急変をなし、藤伯が呼ばれた」

「で……」

数屋喜太が先をうながした。

「藤伯は、本道医でもあるが、外《げ》道《どう》も得意としておる」

「そうか」

一言告げて、数屋喜太は手を締めた。

「かふっ」

喉を決められては声を出すこともできない。明庵の最期は息が漏れる音であった。

「外道か。おもしろくなってきたようだ」

部屋のなかを適当に荒らしてから、数屋喜太は消えた。

「師、患家の姿が……」

戻ってきた書生康太郎が、死んでいる明庵を見つけ、絶句した。

二

お抱え医師の急死は、まず藩邸に報された。

「牧村明庵が、殺されただと」

聞いた木村縫殿之助が、目を見張った。

「物盗《と》りか」

「住みこみの弟子の話によりますと、不審な侍風の者が訪ねてきた直後、明庵は殺され、診療室も荒らされていたと」

報告してきた藩士が述べた。

「ふむ。牧村は稼いでいたのか」

「かなり薬代をむさぼっていたとの噂もございまする」

「そうか。ご苦労であった」

木村縫殿之助は、藩士を下がらせた。

「殿」

御座の間へ、木村縫殿之助がその足で出向いた。

「どうかしたのか」

「牧村明庵が殺されたそうでございまする」

木村縫殿之助が、語った。

「ただの物盗りならば、よろしいのでございまするが」

「つごうのよいほうに考えるのは、よくないぞ。悪いほう、悪いほうへと思案を巡らせておけば、どのような事態になっても、慌てずにすむ」

真田信之が、寵臣《ちょうしん》を諭《さと》した。

「では……」

木村縫殿之助が、顔色を変えた。

「松平伊豆守の使う伊賀者であろう。まちがいあるまい」

苦い表情で、真田信之が口にした。

「いかようにいたしましょう」

「最初に牧村を襲ったということは、詳しい事情までわかっておらぬとの証《あかし》。急ぎ、仙堂藤伯を屋敷まで連れて参れ。殺されては哀れじゃ。伊賀者が相手ならば、藩士だけでは心許《こころもと》ない。飯篠新無斉に申しつけて神祇衆《じんぎしゅう》も伴わせよ」

「はっ」

主君の命を、木村縫殿之助が受けた。

「儂《わし》が出る」

伝えられた飯篠新無斉が、立った。

「一刻を争う。お使者は後を追ってくるように」

真田信之の意図を理解した飯篠新無斉が走った。

「ごめん」

すでに数屋喜太は、仙堂藤伯の屋敷に着いていた。

「どうれ」

「お医師はご在宅か」

「あいにく、患家のもとへ往診に行かれておられるが。ご診療かな」

「さようでござる。まもなくお戻りならば、待たせていただきたいが」

出て来た書生に数屋喜太が訊いた。

「お出かけになられてそろそろ一刻（約二時間）。まもなくだとは思うが。なにぶん、患家の症状次第でござるゆえ、確約はできませぬぞ」

正直に書生が答えた。

「けっこうでござる」

数屋喜太は玄関脇の小部屋で待つことにした。

「今ごろ、藩邸にさきほどの医者が死んだ一報が参っておろう。それからここへ人を出すにして、余裕は半刻（約一時間）もないか。仙堂の帰りを待っているわけにはいかぬか」

ふたたび天井裏へとあがった数屋喜太は、診療室を目指した。

「記録はどこだ」

数屋喜太は診療室の戸棚を漁《あさ》った。

「書類がやたらあるな」

仙堂藤伯は、まじめな性格なのか、診療録をていねいに取っていた。

「……ない。真田信吉の記録は見あたらぬ」

小半刻（約三十分）ほどで、数屋喜太は探索を止《や》めた。

「これ以上はまずい。いくつかもらっておくか。相手を惑わすこともできようほどにな」

数屋喜太は、急いで仙堂藤伯の屋敷から逃げ出した。

「誰かある」

入れ違いに、飯篠新無斉が仙堂藤伯の屋敷へ駆けつけた。

「仙堂どのは」

「不在でござるが。どなたさまか」

「真田家の者でござる」

「これはこれは」

書生が膝をついた。

「誰か参らなんだか」

「さきほどお一人患家がお見えになりましたが……」

飯篠新無斉の質問に、書生が玄関脇の小部屋へ目をやった。

「検《あらた》めさせてもらうぞ」

書生を押しのけて、飯篠新無斉が小部屋の襖を開けた。

「誰もおらぬぞ」

「そんなはずは……」

書生が首をかしげた。

「屋敷のなかを拝見する」

脇差の柄に手をかけて、飯篠新無斉が奥へと走った。

「ここか」

「困りまする。師のお許しなしには」

あわてて書生がついてきた。

「ごめん」

飯篠新無斉が障子を引いた。

「やはりか」

荒らされている診察室に、飯篠新無斉が言った。

「なんだ」

書生が息をのんだ。

「先ほどの患家の風体を覚えているか」

「……ええと」

言われて書生が、飯篠新無斉を見た。

「男で侍風体……」

そこまで言って書生が首をかしげた。

「どうかしたか」

口ごもった書生に、飯篠新無斉が問うた。

「顔だちが、その……」

「覚えていないか」

「……はい」

申しわけなさそうに書生が頭をさげた。

「いや、無理を申した。まもなく、真田家より迎えの者が来る。仙堂どのが戻られたならば、盗られたものがないかどうか、確認してもらってくれ。そのあとで屋敷までお見えいただきたい」

飯篠新無斉は、仙堂の屋敷を出て、上屋敷へ戻った。

「やはりか」

眠らずに待っていた真田信之が、飯篠新無斉の話を聞いて首肯した。

「信吉に目を付けてきたか」

つらそうに真田信之が表情をゆがめた。

「殿……」

飯篠新無斉が、深く平伏した。

「すまぬな。関ヶ原で父と弟を犠牲にしたとき、二度と涙は流すまいと誓ったのだが……老いは心を弱くするの」

真田信之が詫びた。

「…………」

なにも言えず、飯篠新無斉は、ずっと頭を下げていた。

「どういたしましょうや」

十分な沈黙のあと飯篠新無斉が問うた。

「仙堂を屋敷に留め置きましょうや」

「それはできまい。仙堂には診なければならぬ患家がある」

小さく真田信之が首を振った。

「では、どういたしましょう」

「なにもせぬ」

「……それは」

飯篠新無斉が絶句した。

「勝手にさせておけ。すでに熊之助への相続も許されている。それに名前だけとはいえ、家康さまの血筋へ本家を譲る結果となったのだ、幕府も強いことは言えぬ」

はっきりと真田信之が述べた。

「土井大炊頭あたりが、なにか言って参りませぬか」

「今更何の証拠がある。仙堂藤伯の話だけで迫ってくるほど、大炊頭は甘くない。せいぜい松平伊豆守が、動くていどであろう」

「よろしいので」

納得していないと言わんばかりに、飯篠新無斉が重ねて確認を求めた。

「すでに信吉の遺体はこの世にないのだ。調べようもない。これにこだわってくれるほうがありがたい。ときが稼げるからの」

「おとりにされまするか。信吉さまを」

「信政のためじゃ。いや、真田百年のためよ。そのためならば、余の命さえも捨ててかまわぬ。家が生き残る。これが勝利なのだ」

真田信之が告げた。

「それはおもしろいぞ」

報告を受けた三枝鋳矢は、喜色《きしょく》を浮かべた。

「伊豆守さまへお伝えするだけの値打ちがある話だ。うまくいったときには、金の配分に色を付けてやろう」

「…………」

下卑た笑いを数屋喜太が浮かべた。

「では、早速伊豆守さまに」

三枝鋳矢が組屋敷を出た。

「小頭」

集まっていた新しい山里伊賀者を代表して、辰之介が声をあげた。

「なんだ」

「このあとどういたせばよろしいのか」

「真田信吉の死が信政の命であるとの証拠を手に入れねばならぬ」

「医師の身柄でござるか」

高尾山から出てきた一人、佐島城悟《さじまじょうご》が口を出した。

「まずそこからとなるな」

「戸隠巫女どもは出て参りましょうか」

ふたたび辰之介が訊いた。

「出てくる。というより、医師は真田の屋敷に匿われていると考えるべきだ」

「真田の上屋敷へ押し込むと」

辰之介が確認した。

「正面から、戸隠巫女と戦うことになる」

「…………」

数屋喜太の言葉に、三人が緊張した。

「案ずるな。その名のとおり、もともとは戸隠神社の札を売って歩いた戸隠巫女は、ものごとを調べることになれている。だが、戦いは苦手だ。考えてみろ。男と女が争えば、どちらが勝つ。力に優れた男に決まっておろう」

説明した数屋喜太に、三人の緊張がゆるんだ。

「いいか、おぬしたちは、伊賀が伝統として伝えてきたきびしい修行に耐えた。それは、一人前の伊賀者の証明である。思い出して見よ、何人の仲間が修行場で散っていった。脱落していった」

「はい」

最後の一人御酒谷天八《みきたにてんはち》が、自信を取り戻したかのように首を縦に振った。

「懸念を持つな、おまえたちは、ただ吾の命に従って、すべての力を出し尽くせばいいのだ。頭からまだ聞かされていないだろうが、この任の引き受け料は二百両」

「二百両。一人あたり十六両」

一年の禄高をこえる金額に、三人が息をのんだ。

金の配分は頭が半分、残りの半分を小頭がとり、あとを他の者で分けると決まっていた。

「それにな、任が困難ゆえ、伊豆守さまへ増額を頭が交渉している。うまくいけば、二十両になるぞ」

「やりまする」

露骨な数屋喜太の煽動《せんどう》に、御酒谷がのった。

「用意をいたせ。組頭が戻って来られたら、出ることになるやも知れぬ。武器の補充と手入れを怠るな」

「はっ」

三人の伊賀組同心が、腰をあげた。

上屋敷へ忍び込んできた数屋喜太から、真田信吉謀殺の疑惑を聞いた松平伊豆守は、沈思していた。

「いかがいたしましょうや」

いつまで経《た》っても動かない松平伊豆守へ、しびれをきらした三枝鋳矢が声をかけた。伊賀者は老中の手足耳目である。それは、同時に頭ではなく、物事を考えてはいけないとのことでもあった。指示がなければ、伊賀者はなにもできなかった。

「…………」

それでも松平伊豆守は反応しなかった。

「ご老中さま」

三枝鋳矢が焦った。

すでに刻限は深更に近かった。少しでも早く対処しなければ、仙堂藤伯の身柄確保の困難さは増す。それこそ真田の城下である松代へ引き取られてしまうと、まず手出しはできなくなってしまう。

「……三枝」

「はっ」

ようやく声を出した松平伊豆守へ、三枝鋳矢が頭をさげて、待命の形を取った。

「こちらから言うまで、控えておれ」

「な、なにを仰せられまするか。一日、いや、一刻遅れるごとに、生き証人を手にすることは難しくなりまする。今すぐ……」

「差し出がましい」

迫った三枝鋳矢を、松平伊豆守が叱りつけた。

「申しわけございませぬ」

あわてて三枝鋳矢が、平伏した。人としてなら絶対に負けない相手だが、肩書きの差はとても埋められるものではなかった。松平伊豆守の機嫌を損ねれば、三枝鋳矢どころか、伊賀組全部が吹き飛ぶのだ。

「信吉がことは、一筋縄ではいかぬ。少し、ときがかかる。こちらから、あらためて呼び出すまで、待機せい」

松平伊豆守が、犬を追うように手を振った。

「はっ」

今一度畳に額を押しつけて、三枝鋳矢は消えた。

「難しいな。豊後と加賀に相談せねばならぬ。……いや加賀はだめか」

一人になった松平伊豆守がつぶやいた。

阿部豊後守《ぶんごのかみ》忠秋、松平伊豆守信綱と並ぶ家光の寵臣堀田加賀守正盛は、三月に信州松本十万石へと移された。武州川越三万五千石から一気に三倍の大出世であった。

「領地の治にしばし専念いたせ」

引っ越しだけでなく、家禄が急に増えれば、見合うだけの家臣を新たに雇い入れたり、江戸屋敷を格に応じて拡張したりなど、雑事も多くなる。

家光はお気に入りの家臣を気づかった。

「老中の役はそのままで、実務はせずともよい」

こうして堀田加賀守は老中格を持ったまま、御用部屋へ出入りすることはなくなっていた。

「上様のお心遣いを無にはできぬ。かといって、一人で判断するには、真田の一件は家康さまがかかわるだけに重い」

徳川にとって家康は格別であった。天下を統一し、徳川家を将軍とした家康は、死後神となった。神君と呼ばれる家康の名前へ傷をつけることは、老中といえども身の破滅となった。

翌朝、松平伊豆守は、御用部屋で出会った阿部豊後守へ目で合図をしたあと、廊下へと出た。

「…………」

無言で応じた阿部豊後守も続いた。

「ふむ」

黙って出ていった二人に、土井大炊頭が、気づいた。

「尻の黄色いひよこどもが。一人では、なにもできぬのか。てぬるい。政に遅滞は許されぬ。ひとつのことにいつまでもかかわってどうするのだ」

土井大炊頭が、吐き捨てた。

御用部屋を出たところで待っていた松平伊豆守は、阿部豊後守の姿を認めると歩き出した。

廊下を二つほど過ぎ、左に曲がった突きあたり、黒書院溜之間《たまりのま》へ松平伊豆守は入った。黒書院溜之間は御用部屋へ出入りできない役人たちと、老中が面談する場所であった。簡単な用件ならば、御用部屋を出た入り側ですませるが、少しややこしいことや、密談に類する話などは、黒書院溜之間でおこなう慣例であった。

黒書院溜之間は二面を庭に、一面を壁と接しているため、人に知られたくない話をするには最適であった。

「なにがあった」

いつもより口の重い松平伊豆守へ、阿部豊後守の表情もきびしくなった。

「真田のことだ」

黒書院溜之間の右奥、もっとも声の聞かれにくいところへ松平伊豆守は、腰を下ろした。

「話せ」

子供のときから一緒に育った、兄弟よりも親しい仲である。阿部豊後守は遠慮なく言った。

「昨夜、伊賀者が……」

松平伊豆守も隠すことなく告げた。

「ふむ。真田百年の計だな。義理とはいえ、家康さまの孫が家を継ぐのは当然のことだ」

「しかし、その家康さまのお考えが、障害となった」

内容を整理するかのように、二人は会話をした。

「どうする。藩内藩とはいえ、上様にお目通りまですませた者を殺したとなれば、なにもなしとするわけにはいかぬ」

「だが、家康さまのお名前へ気を遣ったとなれば、咎めだてするのは難しい」

「なにより、長子相続を否定するようなまねを真田がしたと家光さまが知られれば、お怒りになられよう」

小さく松平伊豆守が嘆息した。

「家光さまにとって、家康さまは絶対。その家康さまが真田を潰さぬと約束なされていた。その一方で、家光さまが将軍となられた唯一の柱、長子相続を真田は破っている。お悩みになられるぞ」

阿部豊後守も困惑した。

「上様にお報せせずにやるか」

「それは構わぬが、真田は従うか。相手はあの信之ぞ」

松平伊豆守の提案に、阿部豊後守が文句をつけた。

「ううむ。大炊頭よりやっかいな相手だな」

言われて松平伊豆守がうなった。

「どうだ、長四郎。信之ではなく、信政を相手にしては」

阿部豊後守が、松平伊豆守を幼名で呼んだ。

「なるほどな。まだ松代藩嫡子という身分だが、信政は、沼田の後見でもある。我らが呼び出しをかけるに問題はない」

松平伊豆守が首肯した。

「そのためには、やはりきっちりとした証が要る」

「ああ。だが、それ以上に、どこを落としどころにするかが肝腎だ」

同意した阿部豊後守が、条件を考えなければと言った。

「じつはの、先日、真田伊豆守信之へ、国替えの願いをあげろと話しておいたのだ」

阿部豊後守が告げた。

「……すまぬな」

すぐに松平伊豆守は、それが己への援護であると気づいた。

「やはりそれだな。石高を変えずして、遠方へ追いやる。実高が少なければ、土井大炊頭も文句は言うまい」

「真田はかわいそうだが、いたしかたあるまいな。二代将軍秀忠さまへ、武門の恥を塗ってくれたのだ。いかに家康さまとお話をされていたとはいえな。なれど、そのていどのことに、気づかぬ真田とも思わぬが」

施政者ににらまれる恐ろしさを、真田昌幸が知らないはずはない。阿部豊後守が、首をかしげた。

「気にしたところで、もう真田昌幸はおらぬ。神君家康さまもな。我らは、過去の亡霊に遠慮するのではなく、今の上様をお守りするだけ」

「安心せい。長四郎と吾は、一蓮托生《いちれんたくしょう》よ。一人で抱えこまず、よくぞ話してくれた。もし、いっさいが耳に入り、勝手なことをと上様がお叱りになるならば、並んで怒られよう」

阿部豊後守が、松平伊豆守の弱気を救った。

「疑ってなどおらぬわ」

松平伊豆守が笑った。

ゆっくりと阿部豊後守が立ちあがった。

多忙を極める老中である、用件をすませたら、寸刻の無駄も許されないのだ。

「では、伊賀者へ、命じるとしよう」

ほっと松平伊豆守が息をついた。

三

御用部屋へ阿部豊後守が戻ってから、松平伊豆守の帰着にかなりの間を認めた土井大炊頭は、手にしていた仕事を置いた。

「少し任せる」

横で筆を走らせる右筆へ声をかけて、土井大炊頭は御用部屋をあとにした。

「…………」

御用部屋から少し離れた御殿坊主の控えの一つ、虎之間の襖を土井大炊頭は無言で開けた。

「な、こ、これは大炊頭さま」

控え室には何人かの坊主が詰めている。全員があわてて平伏した。

「永道斉、ついて参れ」

それだけ言うと、土井大炊頭が虎之間を出た。

「はっ」

急いで永道斉が後を追った。

少し歩いたところで、土井大炊頭が足を止めた。

「伊豆守の動きを承知しておるか」

三歩離れたところで小腰をかがめる永道斉へ、背を向けたまま土井大炊頭が問うた。

「今朝ほど、伊豆守さまと豊後守さまが、黒書院溜之間をお使いになられたことと、伊豆守さまがそのあと山里口へお運びになられたことならば」

すぐに永道斉が答えた。

江戸城中のいたるところに坊主はいる。坊主の目を盗んで、ひそかにことをなすことは老中といえどもできなかった。

「伊豆守が、なにを豊後守に申したかは知らぬか」

「あいにく」

永道斉が首を振った。

「戦陣坊主をもう一度動かせ」

「一人しかおりませぬがよろしゅうございましょうか」

「補充はできぬか。いたしかたあるまい。泰平の世にしたのは、我らだからの」

土井大炊頭が認めた。

「真田内記信政さまのお命でしょうや」

前任の続きかと、永道斉が確認した。

「いや」

はっきり土井大炊頭が首を振った。

「では、誰を生け贄《いにえ》に」

「真田伊豆守信之を殺せ。断固たる行動も執政の任と教えてやらねばならぬ」

土井大炊頭が命じた。

山里伊賀組は、日をおかず行動に出た。真田家上屋敷を襲撃するつもりだった伊賀者たちは、仙堂藤伯が自宅へ戻っていることを知って、驚愕した。

「罠か」

仙堂藤伯を餌に伊賀者を殲滅《せんめつ》しようと、神祇衆がたくらんでいるのではないかと考えたのだ。

慎重に気配を探った伊賀者たちは拍子抜けした。

「どういうことだ」

三枝鋳矢でさえ、首をかしげた。

「まったく警固されておりませぬぞ」

小頭数屋喜太も不思議だと同意した。

「ここで思案していても意味はない。仙堂をさらってこいと伊豆守さまは命じられた。我らはそれに従うだけだ。行け」

手を振って三枝鋳矢が、配下に命じた。

伊賀者の手から一介の医者が逃れられるはずもなく、あっさりと仙堂藤伯は捕まった。

「な、なんなのでござるか」

忍装束の男たちに囲まれて、仙堂藤伯が震えた。

「連れていけ」

猿ぐつわを嚙ませて、三枝鋳矢は仙堂藤伯を松平伊豆守のもとへと運んだ。

「外してやれ」

荷物のように担ぎこまれた仙堂藤伯を、松平伊豆守は放せと言った。

「こ、これはいったいどういうことなのでございましょう」

身分ありげな松平伊豆守の姿へ、怯《おび》えながらもていねいな口調で仙堂藤伯が問うた。

「手荒なことをしたことを許せ」

頭をさげることなく、松平伊豆守が形だけの詫びを口にした。

「あなたさまは」

「松平伊豆守である」

隠さず松平伊豆守が名のった。

「ひ、ひえっ」

聞いた仙堂藤伯が、息をのんだ。

「用件はわかろう」

「…………」

松平伊豆守の言葉に、仙堂藤伯の顔色が変わった。

「医師は法外という。武士ではないのだ。忠誠とも縁がない。もっとも命をかけてでもしゃべらぬと申すならば、それはそれでしかたがないが」

冷たく松平伊豆守が述べた。

「真田信吉さまがこと……」

仙堂藤伯がつぶやいた。

一言も松平伊豆守は真田と口にしていなかった。それに気づかず、仙堂藤伯は言ってしまった。

「…………」

無言で松平伊豆守は、仙堂藤伯を見つめた。

「なにも知りませぬ」

仙堂藤伯が抵抗した。

「いかに御老中さまとはいえ、このような仕打ちはひどすぎまする」

「……………」

「寄合場へ訴えまするぞ」

震えながら仙堂藤伯が言った。

寄合場とは、老中だけでなく若年寄、目付、町奉行などが一堂に会して、重要な事案を検討する場所である。寛永十二年（一六三五）に設置され、伝奏《てんそう》屋敷の一部を使用していた。庶民からの訴えを受けつける用意はされてなかったが、投げこみ訴を禁止してはいなかった。

「訴えてどうする」

ようやく松平伊豆守が口を開いた。

「検討するのは、余ぞ」

「……あう」

仙堂藤伯が絶句した。

「話せ。さすれば、このまま帰してやろう」

まだ松平伊豆守はなにを言えとは提示しなかった。姑息《こそく》な手段であったが、なにを求めているのか隠しての要求は、相手に混乱を与える。思わぬ返答が出てくることもあった。

「……信吉さまは、腹を召されたのでございまする」

「なにっ」

さすがの松平伊豆守も驚愕した。

「詳しく申せ」

松平伊豆守が催促した。

「あの日、急にお屋敷から呼ばれ、参りましたところ、上屋敷の奥で真田信吉さまが切腹なされておられました。すぐに出ていたはらわたを押し込み、晒《さら》しを巻き、血止めをいたしまして、気付けを処方いたしました」

「どうなった」

「治療いたしましたときには、すでに息も絶え絶えであられましたが、一瞬だけ意識を取り戻され……」

「なにを言った」

ぐっと松平伊豆守が身を乗り出した。

「父にもうしわけないと」

「それだけか」

「誓って」

確認する松平伊豆守に、仙堂藤伯があわてて首を縦に振った。

「そうか。用はすんだ」

「へっ」

なにを言われたのかわからないと仙堂藤伯が、きょとんとした。

「放りだせ」

松平伊豆守が、三枝鋳矢へ告げた。

「よろしゅうございますので」

このまま帰しては、真田家へ注進される。松平伊豆守が名のってしまった以上、真田信之から、苦情を言われるかも知れないのだ。殺さないでいいのかと、三枝鋳矢が訊いた。

「警固もつけていないし、匿いもしてないのだ。これぐらいのこと、承知のうえだ。ここで殺すようなまねをすれば、こちらの肚が浅いと報せるだけぞ」

「はっ」

平伏した三枝鋳矢が、仙堂藤伯の襟を摑んで出ていった。

「自害だと……」

真田信之によって殺されたとばかり考えていた松平伊豆守は、とまどっていた。

「末期《まつご》の言葉が、父に許しを乞うものだったというのも、みょうだ」

たしかに藩主が自害すれば、家は潰れる。しかし、当時の沼田真田家は、藩中藩でしかなかった。幕府から大名として認められてはいなかったのだ。自害したところで、松代藩には傷もつかない。

「殺しては、さすがにまずいと、因果を含めて自害させたと考えるべきなのだろうが……それでは、申しわけないとの言葉の意味がとおらぬ」

松平伊豆守が理解できぬと小さく首を振った。

仙堂藤伯を放り出した三枝鋳矢たちは、その足で真田家の中屋敷へと向かった。

「御老中さまより命じられた任は果たした。これより、我らが仇、真田家斬馬衆仁旗伊織を討つ。よいか、これは伊賀の恨みぞ。先祖代々続いてきた伊賀の掟。放置することは、山里伊賀者の名を汚すこととなる。組内の仇も討てぬと嘲《あざけ》られるわけにはいかぬのだ。覚悟してかかれ」

三枝鋳矢が宣した。

「おう」

一同が首肯した。

毎夜、就寝前に伊織が中屋敷の周囲を見回っていることは、伊賀者の知るところとなっていた。

「あの大太刀を仁旗は持っておらぬ。ただの太刀しか持たぬならば、我らの敵ではない」

間合いのわからぬ武器を使われたからこそ、手練れの伊賀者が一人の藩士に敗れたのだ。戦国のころから研究し尽くした太刀相手の戦いならば、伊賀者は負けないとの自負が、一同にあった。

「二人が仁旗に向かえ。残りは、屋敷から助けに入るであろう戸隠巫女たちを押さえよ」

「組頭、戸隠巫女は仕留めなくともよいのか」

数屋喜太が問うた。

「今宵の目的は、仇であり障害となるであろう斬馬衆の排除である。戸隠巫女にこだわるな」

「承知いたした。ところで、あやつを殺したあと、新たな斬馬衆が出てくるのではござらぬのか」

「草からの報告によると、斬馬衆という大太刀をあつかうものは、仁旗を含めて二人しかおらぬとのことだ。そして、残り一人は、松代に配されているという」

数屋喜太の質問に、三枝鋳矢が答えた。

「ならば、遠慮なく参れますな」

「殺された御仁は存じあげませぬが、仇は討たねばなりませぬ」

佐島城悟、御酒谷天八の二人もうなずいた。

「儂と数屋、太田で戸隠巫女を押さえる。佐島、御酒谷、おぬしたちが斬馬衆をやれ。あらためて言わずともわかっておろう。忍の戦いに卑怯未練はない。正々堂々の勝負などするでないぞ」

「念にはおよびませぬ」

「忍の正は奇なりと、叩きこまれておりまする」

城悟、天八が胸を張った。

「任せたぞ。伊賀の名誉、そなたたちに預けた」

三枝鋳矢が、二人を励ました。

四

いつものように、伊織は刀の目釘を確かめてから、屋敷の潜り門を出た。

月明かりと屋敷の角に設けられた灯籠《とうろう》だけを頼りに、伊織はゆっくりと歩いた。月は中天にあったが半月を割り、灯籠の灯《あか》りは角を曲がれば届かない。江戸の夜はまさに闇一色であった。

それでも伊織は提灯《ちょうちん》を持たなかった。提灯の光りは、弱い。せいぜい足下の数歩先までしか照らさないが、遠くからでも伊織の位置や動きがわかる。

なにより、提灯を持つことで、片手をふさがれることが問題であった。とくに居合いを得意とする者にとって、提灯を離す刹那《せつな》の間でさえ、命取りとなりかねなかった。

目をこらすことなく、伊織は漠然と全体を見るような感覚で、周囲の状況を把握しながら進んだ。一カ所へ目を固定してしまうと、それ以外の明るさに合わせるのが難しくなる。これも剣士の心得であった。

真田家中屋敷と路地を挟んで反対になる旗本邸の塀で伊賀者たちは、伊織を待った。

「来たぞ」

辻の角を曲がった伊織の姿を、数屋喜太が見つけた。

「どうだ。真田屋敷に変化はないか」

山から出て来たばかりで夜目の利《き》く天八へ、三枝鋳矢が問うた。

「ございませぬ。頭、本当に戸隠巫女はおりまするのか」

真田屋敷から目を離さず、天八が確認した。

「おる」

応じたのは辰之介であった。

「何人もな」

三枝鋳矢が続けた。

「あと十間《けん》（約十八メートル）」

数屋喜太が告げた。

「よし、見張りを辰之介が引き継げ。よいか。我ら三人は斬馬衆に気を遣わぬ。ただ、戸隠巫女へ備えるだけ。助けを期待するな」

「わかっておりまする」

「ご懸念なく」

天八と城悟の姿が消えた。

屋敷の裏門付近に近づいた伊織は、濃い闇のなかで動くものの気配を感じた。

「………」

襲われることを前提としている。素足にわらじ履きの伊織は、足下へ気を配ることなく、腰を落とした。

風切り音を伴って手裏剣が、伊織の顔と胸めがけて飛んできた。

「ふっ」

小さく息を吐いて、足を配り、伊織は手裏剣をかわした。

そこへふたたび二本の手裏剣が襲った。

「なんの」

右足を引いて半身になり、手裏剣をやり過ごした。

「何者か」

わかっていながら、伊織は叫んだ。援軍を求めるというより、相手に人を呼ばせたと勘違いさせ、ときの余裕がなくなったと思わせるためであった。

「………」

「しゃっ」

伊織の思惑どおり、二つの影が闇から浮いてきた。

手裏剣の飛んでくる先を見るだけでは、おおよその方向しかわからないうえ、こちらから近づくと罠へはまることになりかねない。伊織は、相手を光の下へ誘い出したのであった。

「愚かな……」

見ていた三枝鋳矢がつぶやいた。

「数屋」

「承知」

呼びかけに、数屋喜太が動いた。音もなく、数屋喜太は、手裏剣の間合いへと近づいた。

伊織の声を待つまでもなく、霞は襲撃に気づいていた。

「あやつめ。自らを餌にしたか」

霞は、伊織の意図に気づいて苦笑した。

「やってくれるわ」

ほほえみを浮かべながら、霞が跳んだ。

「霞さま」

「陽炎《かげろう》か。二人連れて周囲をやれ。伊賀者がかならず潜んでいるはずだ」

「はい」

霞の命に陽炎が首肯した。

中屋敷の塀を乗りこえながら、ちらと伊織を見て、霞はつぶやいた。

「がっかりさせてくれるなよ。たかが伊賀者二人ていどで」

霞はまっすぐ旗本屋敷へと駆けた。

「戸隠巫女ぞ。行け」

すぐに三枝鋳矢は、手を振った。

「承知」

辰之介が霞へ向かって走りながら、手裏剣を投げた。

準備はとっくに整っている。霞は、飛んできた手裏剣を手にしていた短刀で払い落とした。

「…………」

ぶつかるような勢いで辰之介が霞へと突っ込んできた。

「間合いが甘いわ」

身体をひねって霞は、辰之介の突進をかわした。

伊織は腰を低くして迫ってくる忍を待ちかまえていた。

二人の伊賀者が連携しながら、互いに伊織の注意を引きあいながら迫って来た。

「右、いや、左か」

いくら息が合っていようとも、人としての能力には差がある。伊賀者の遅速を伊織は計っていた。

「しゃあああ」

右から迫っていた天八が、気合い声を出した。

「ふん」

伊織はそれが誘いだと見抜いた。

「…………」

左から城悟が、忍刀を振りかぶって斬りかかってきた。

「おうやあ」

腰を一層落として、伊織は太刀を鞘走らせた。

「ぐっうう」

かろうじて城悟は忍刀で伊織の一刀を防いだが、勢いに負けて後ろへ弾《はじ》かれた。

「ちいっ」

背を向けた伊織へ、天八が忍刀を突き出した。

居合いの残心は、二の太刀への構えでもある。伊織は、残していた左足を引き取るように前へ出して、右足を軸に回転した。太刀の切っ先が半円を描いて、天八の胸へと伸びた。

「なんの」

天八が身体を反らせてかわそうとしたが、勢いづいていただけ逃げきれなかった。天八は胸を斬られた。皮一枚削《そ》がれたていどであったが、一瞬、天八の動きが止まった。

「えいやあ」

伸びた太刀に引っ張られるように、伊織は足を踏み出し、天八との間合いを詰めた。

「はっ……」

あわてて後ろへ下がろうとした天八を、伊織は許さなかった。

「…………」

右へ流れていた太刀を手首だけで返して、逆へと薙《な》いだ。

「ぎゃっ」

深々と腹を割られて、天八が悲鳴をあげた。

天八が押さえた腹から、ぬめるような光を放った腸《はらわた》があふれた。

「あわっあわ」

口から泡を噴いて、天八が絶息した。

「伊賀者、覚悟」

陽炎ともう一人の神祇衆が、旗本屋敷の屋根に陣取っていた三枝鋳矢へ襲いかかった。

数枚の八方手裏剣が、三枝鋳矢へとぶつけられた。

「ふん」

懐《ふところ》から取り出した薄い布を三枝鋳矢が左右に振った。

「なにっ」

音もなく手裏剣が布に巻きとられ、神祇衆は息をのんだ。

「ならば……」

刹那の衝撃で立ちなおった陽炎が、剣を抜いた。霞が使う短刀とは違い、直刀両刃のそれは、破壊力の強さをあらわすかのように、うなりをあげて三枝鋳矢の頭を狙った。

「………」

猫のように身軽く三枝鋳矢が後ろへ跳んだ。

「ちっ」

さきほどまで三枝鋳矢のいたところへ降りた陽炎が、後を追った。

「死ね」

陽炎は突出しすぎた。もう一人が、ついていけないほどの速度で三枝鋳矢へ迫った。

「女にしては疾《はや》いな」

三枝鋳矢が笑った。

「黙れ」

まっすぐに直刀を陽炎が突き出した。わずかに身体を開いて、三枝鋳矢がかわした。

「かかった」

伸びたところで陽炎の手が水平の薙ぎに変わった。陽炎は突きを見せ太刀に使った。

「なかなかだと褒めてやる」

三枝鋳矢が、感心した。

「なにっ」

陽炎が驚愕した。三枝鋳矢を斬り裂くはずだった直刀が、固まっていた。

三枝鋳矢の手にしていた布が、直刀に絡みついていた。

布くらい切ればいいと、直刀へ力をこめた陽炎は、まったく動かないことに息をのんだ。

「なんの……」

「女の髪を縫い込んだ布だ。刀で切れはせぬ」

説明しながら三枝鋳矢が布を引いた。

「あっ」

刀に体重を預けていた陽炎の体勢が崩れた。

「残念だったな」

三枝鋳矢が、伸ばされた陽炎の首へ手にしていた手裏剣を突きたてた。

「陽炎……」

ようやく追いついたもう一人の神祇衆が、唖然《あぜん》とした。

「おのれ……」

仲間の死に神祇衆のたがが外れた。

「ええええい」

八方手裏剣を投げながら、左手で摑んだ短刀を三枝鋳矢へ突きたてようと肉薄した。

「焦りは禁物だと教わらなかったか」

攻撃すべてを三枝鋳矢は、布で防ぎきった。

武器をすべて封じられた神祇衆が、うめいた。

「忍の質が落ちたのは、どこも同じか」

嘆息しながら、三枝鋳矢が神祇衆を蹴《け》った。

「ぐふっ」

腹を蹴られた神祇衆が、口から盛大に血をまき散らしながら、後ろへ倒れた。

「斬馬衆だけは片づけねば……」

三枝鋳矢が前へ出た。

辰之介の突進をかわした霞は、空中で身体をひねり体勢を整えようとした。

「あんなところに」

庭木の上から、伊織を狙う数屋喜太を霞は見つけた。

「しゃああ」

しかし、対応する余裕は与えられなかった。離れた辰之介がふたたび手裏剣を撃ってきた。

「めんどうな」

顔をしかめて霞は刀でこれを弾いた。

棒手裏剣は重い。短刀で受けては折れることもあったが、かわすことで構えを崩すのを嫌がったのだ。

「おまえの相手をしている暇はない」

霞は、辰之介へ向けて八方手裏剣を投じた。

「…………」

大きく跳んで、辰之介が手裏剣を避けた。

「……やっ」

小さく気合いを発して、霞は辰之介から数屋喜太へと目標を変えた。

「逃がすか」

辰之介が、追った。

斬馬衆である伊織を倒すまで、戸隠巫女の手をわずらわせるだけでいい。己の任を辰之介は理解していた。

必殺の間合いには遠いが、牽制になると辰之介は駆けながら、霞の背中に向けて棒手裏剣を放った。

「うるさいやつめ」

致命傷にならない距離とわかっていても、傷は付けられる。首や背筋など、当たり所によってはのちのちまで影響が出ることもある。霞は、振り向いて手裏剣を払った。

「しゃああ」

足を止めた霞へ、辰之介が躍りかかった。女に比べて男の歩幅は大きい、霞が引き離した間合いは、一拍でなくなり、追いつかれた。

「ちっ」

短刀と忍刀の刃渡りの差も手伝って、見過ごせなくなった霞は、辰之介を排除するしかなかった。

霞の目の隅に、手裏剣を撃とうとしている数屋喜太の姿が映った。

「仁旗、木の上だ」

霞は叫んだ。

一度共に戦ったことが、信頼となっていた。城悟と対峙《たいじ》していた伊織は霞の叫び声を聞いて、木の上へ目をやることもなく二歩退いた。

「おのれ」

伊織の目の前をむなしく過ぎた手裏剣に、数屋喜太が舌打ちした。

「戸隠巫女め」

憎々しげに、数屋喜太は霞をにらみつけた。

「…………」

しかし、不用意な後退は、隙を作ることとなった。

大きく踏み込んできた城悟が、忍刀を伊織目がけて振り落とした。

「くっ」

唇を噛んで、伊織は一刀を受けた。

刃と刃がぶつかって、光と破片を散らした。

太刀の刃は、剃刀《かみそり》よりも薄い。ぶつかれば、当然のように欠けた。刃に欠落ができることは、居合いにとって大きな傷となった。

鞘走らせる途中で欠けが鯉口《こいぐち》へ引っかかるのだ。まさに刹那の差だが、それは居合いの命である疾さを削った。

「伊賀の恨み、受けよ」

かさにかかって城悟が、押してきた。

どこにでも入りこまねばならない忍は小柄であることが多い。城悟も伊織より頭半分小さかったが、力は互角以上に強かった。

「…………」

城悟だけでなく、手裏剣で狙ってくる相手にも気を遣わなければならない。声を出す余裕を伊織は失っていた。

それでも、伊織は冷静さを失っていなかった。前回の戦いで人を斬り、肚を決めざるを得なくなったことが功を奏していた。

少しずつ伊織は、城悟の力を受け流すようにしながら、身体を動かしていった。手裏剣を、城悟の身体を盾にして防ごうと伊織は考えた。

「じゃまな」

木の上から伊織を狙っていた数屋喜太が、仲間の背中へ吐き捨てた。

身長の差が、伊織の頭を隠してはいなかったが、数屋喜太は狙わなかった。頭という目標は、簡単にずれる。首をかしげる、すくめる、それだけで手裏剣は当たらなくなる。

数屋喜太は手にしていた手裏剣をしまうと、木の上から飛び降りた。忍刀を抜いて、城悟の加勢へと向かった。

いかに鍔迫《つばぜ》り合いをしていようとも、動くものは目に入る。伊織は新たな敵が来たことを悟った。

「おうやあ」

鍔迫り合いからの脱出は、力をこめて返すか、押してくる相手を流すように身体をずらすかである。伊織は、押した。

「なんの」

応じた城悟が、身体を預けるようにのしかかってきた。二人の距離が、息がかかるほど近づいた。

「……やあ」

誘いにのった城悟の足の甲を、伊織が思いきり踏みつけた。

「ぎゃっ」

予想もしていない攻撃に城悟が悲鳴をあげ、押している力が一瞬ゆるんだ。

「りゃあ」

伊織は両腕の力で城悟を押しのけると、太刀を滑らせるように振った。

「……ああ」

すぐに城悟も立ち直り、忍刀を動かした。

太刀と忍刀の長さが、決め手となった。

忍刀がむなしく空を切ったとき、伊織の太刀は城悟の首を裂いていた。

闇に紅《あか》い血筋が噴き出し、ゆっくりと城悟が背中から落ちた。

「情けない奴。もう少し保《も》たぬか」

苦い声で言いながら、数屋喜太が伊織へ斬りかかった。

下段におりていた太刀を、伊織は撥《は》ねあげた。

「……………」

下腹を襲う太刀の風であおられたかのように、数屋喜太が舞った。

「くたばれ」

恨みのすべてを忍刀にのせて、数屋喜太が振り下ろした。

「なんの」

数屋喜太を追うようにあがった太刀を、伊織は途中で止め、まっすぐの突きへと変えた。そのうえで、手応えを感じる前に己から腰から落ちた。

「あああ」

熟練の忍でも、空中にあっては避けようがなかった。己から切っ先へ向かうかのように、数屋喜太が突き刺さっていった。

「ぐえええええ」

そのまま身体の重みで、数屋喜太の背中から太刀が生えた。

「ひ、一人では逝《ゆ》かぬ」

末期の力で数屋喜太が忍刀を振ったが、地面へ腰を下ろした形となった伊織には届かなかった。

「く、こんなはずでは……」

歯がみをしながら、数屋喜太が死んだ。

「小頭……」

霞とかろうじて均衡を保っていた辰之介の気迫が折れた。

「…………」

辰之介が背を向けて逃げ出した。

「ちっ」

一瞬追おうとした霞は、足を止めた。

「二人は……」

霞は、陽炎たちが最後尾に控えていた伊賀者へ向かうのを見ていた。あれからけっこうなときが過ぎている。霞は伊織が生き残ったのを確認して、陽炎たちの援護へと走った。

「陽炎」

屋根の上で事切れている仲間を見つけた霞が息をのんだ。

「細《ささめ》……」

すでに死んでいると一目でわかるありさまに、霞は涙した。

「おのれ……」

陽炎たちを殺した伊賀者を、霞は探した。

「抜けぬ」

伊織は焦っていた。

胸に刺さった太刀の鍔を、死んだ数屋喜太が摑んでいた。いくら抜こうとしても、しっかり食い込んだ指が、握りしめて離さなかった。

「ようやく役に立ったか」

重い声が、伊織に届いた。顔をあげた伊織は目を見はった。わずか三間（約五・四メートル）ほどしか離れていないところに、伊賀者がいた。

「えっ」

まったく気配を感じさせず、そこまで寄られたことに、伊織は驚いた。

「よくぞ一人で、三人を倒した。だが、それもここまでぞ。いや、前の戦いも合わせると五名か、六名か。乱世の名立たる武将でさえ、なしえなかったことだ」

三枝鋳矢が、感情のこもらない声で褒めた。

「きさま……」

伊織は、この伊賀者がいままでの者より桁《けた》違いに強いと感じた。

一歩三枝鋳矢が進んだ。間合いは二間（約三・六メートル）をきっていた。忍にとって、二間などないも同然であった。

太刀をあきらめて、伊織は脇差の柄へと右手を添えた。

「あがってみせるか」

三枝鋳矢が、笑った。

「格の違い、知るがいい」

膝をたわめることなく、三枝鋳矢が二間の間合いをなくした。

「ちいっ」

無我夢中で伊織は、脇差を居合いに使った。

「ふん」

短いだけ脇差は疾い。目にも止まらぬそれを、三枝鋳矢がやすやすとかわした。

「しゃあ」

三枝鋳矢が、忍刀で突いた。

「くっ」

身をひねったが、三枝鋳矢の一撃が早かった。伊織は左肩をかすられた。

「…………」

伊織は声も出せなかった。

脇差と忍刀では、刃渡りはほとんどかわらない。

「どうした」

三枝鋳矢は手を緩めなかった。

右から左と自在に襲い来るのを、伊織はなんとかかわせていた。いや、小さな傷は数えきれないほど負っていた。

血が伊織の全身から流れていた。出血は伊織の身体から力と熱を奪う。伊織の動きが鈍くなった。

「ここまでのようだな。地獄で殺した者たちに詫びてくるがいい」

忍刀を右手だけで構えて三枝鋳矢が、告げた。

「くうう」

かろうじて脇差を放してはいなかったが、伊織は疲弊し尽くしていた。

「若よ」

背後から大声が響いた。

「弥介」

「これを」

抜き身のまま、弥介が斬馬刀を担いでいた。

「遅いわ」

手渡させぬと三枝鋳矢が、忍刀を振った。

「どちらが」

手裏剣が三枝鋳矢の忍刀へぶつかった。

「なにっ」

忍刀を引いて、三枝鋳矢が警戒した。

「一撃で仁旗を殺せたものをなぶるように楽しんだつけぞ」

語ったのは両手に手裏剣を持った霞であった。

「これを」

弥介が、伊織をかばうように立ちながら、斬馬刀の柄を出した。

「おう」

伊織は脇差を捨てて、斬馬刀を天高く構えた。

「大太刀か……」

三枝鋳矢が逃げ場を探すように目を周囲へと走らせた。

「逃げられると思うてか」

霞が口笛を長く吹いた。

真田家中屋敷の塀に神祇衆が三名並んだ。

「…………」

無言で三枝鋳矢が、霞をにらんだ。

「そちらが復讐を掟としているのと同じく、我らも仲間を殺した者を許さぬ」

冷たく霞が言い返した。

「弥介、もういいぞ」

「はい」

伊織の前から弥介が退いた。

「ちっ」

三枝鋳矢が舌打ちした。彼我《ひが》の距離は二間しかなかった。十分に大太刀の間合いであった。

「…………」

左手を懐に入れた三枝鋳矢が、手裏剣を取り出した。左手で手裏剣を投じた。

「つあああ」

手裏剣の後を追うように三枝鋳矢が跳んだ。

「ふん」

大太刀をまっすぐに伊織は落とした。斬馬刀の勢いは、棒手裏剣を受けてもまったく減じなかった。

「えいっ」

三枝鋳矢が身にまとうようにしていた布で、大太刀を絡めようとした。

「……りゃあ」

太刀に合わせた布の幅では、大太刀を包みきれなかった。

先端五寸（約十五センチメートル）が、三枝鋳矢の身体へと食い込んだ。

「長すぎる……」

斬馬刀を見下ろしてつぶやいた言葉が、三枝鋳矢の末期となった。

「見事」

霞が感嘆した。

「……ふうう」

かろうじて地を打つ前に斬馬刀を止めた伊織が、溜息《ためいき》をついた。

「若、太刀をお預かりいたしましょうぞ」

伊織はすなおに弥介が差し出した手へ、斬馬刀を渡した。

「どうして弥介が……」

立ちあがることができず、腰を下ろしたままの伊織が問うた。

「気づいていなかったのか」

あきれたように霞が言った。

「毎晩、おぬしが屋敷の外を見回っているとき、弥介は貴殿に合わせて屋敷の内側を歩いていたのだぞ」

「そうだったのか」

伊織が弥介を見た。

「裏門までまわっていたため、遅くなりました」

申しわけなさそうに弥介が詫びた。

「いや、助かった。斬馬刀がなければ、死んでいた」

首を振りながら伊織は、礼を述べた。

「斬馬刀がないことに安心したことがこやつの敗因よ。経験のない大太刀との戦いにやはり、こやつも惑わされていたということだ」

流れる血もなくなった骸《むくろ》へ、霞が目をやった。

第九章　殿中暗闘

一

伊織が襲われたことを、霞は翌早朝、真田信之へ報せた。

「そうか。伊賀者を倒したか」

真田信之がうなずいた。

月次《つきなみ》登城でないかぎり大名は、あまり屋敷から出ないものであった。吉原へかよう者や、親戚筋の大名を訪ねて歓談する者もいるが、真田信之は一日上屋敷で政務を見た。

「松平伊豆守は、まだまだの。とても上様の政の要《かなめ》とはならぬわ。伊賀者に舐《な》められるようでは話にならぬ」

嘆息するように真田信之が言った。

「どういうことでございましょう」

霞が問うた。

「執政から命じられた任を果たさず、己らの復讐を優先させた。これが、軽視でなければなんだというのだ」

真田信之はあきれていた。伊賀者の任は、仙堂藤伯を捕まえることではなかった。真田の傷を見つけ、それによって松代藩が幕府から咎められる。そこまでいって初めて、隠密御用は終わるのだ。

「伊賀者は、徳川の家臣ぞ。幕府の指示に従わねばならぬ。その幕府を動かしているのは、執政衆じゃ。いわば、松平伊豆守の命は、上様のお言葉。それを伊賀者はわかっておらぬ。いや、松平伊豆守にそれだけの重みがない」

「なるほど。殿の仰せのとおりでございまする」

娘と共に聞いていた飯篠新無斉が首肯した。

「松平伊豆守は、聡《さと》い。ただ、机のうえで学んだことばかりで、実地を踏んでおらぬ。とはいえ今回の結末の真因に気づいているであろう。さて、どう出てくるかの」

目を閉じて真田信之が述べた。

「軽んじられた怒りを、伊賀組へ向けるか、それとも実績を作ろうとして、我が真田へさらなる手出しをしてくるか。あるいは……」

「あるいは……」

「己に箔《はく》を付けるため、政の全権を握ろうと邪魔者を排除しようとするか」

真田信之が、語った。

「邪魔者……土井大炊頭」

さすがの飯篠新無斉が、驚愕《きょうがく》した。

「土井大炊頭を殺す……」

霞も息をのんだ。

「いいや、違う」

ゆっくりと真田信之が首を振った。

「松平伊豆守にそんな肚はない。なにより、そこまで馬鹿ではない」

「では、老中から追いはらうと」

政敵の足を引っ張るのも、執政の仕事であった。反対意見を口にするものを排除しておかないと、己の施策を実現することができなくなる。

「いや、もっと質《たち》が悪いだろうな」

真田信之が小さく笑った。

「どういうことなのでございましょう」

わからないと飯篠新無斉が手をあげた。

「簡単なことだ。足を引っ張るにはそれだけの材料がいる。持っているとしても、使い方をまちがえれば、己の身に返ってくる。ならば、祭りあげてしまえばいい」

「祭りあげる……」

飯篠新無斉が首をかしげた。

「飾りにしてしまえばいい。実務から離し、将軍の相談役となすのよ。そうよなあ、副将軍とでもしてやればいい。上様がおられぬ非常の際は、幕府全体を把握する。上様に次ぐ地位ぞ。断ることはできまい」

「非常ならば常ごとには不要」

「そうじゃ。足を引っ張るより簡単ぞ。二代将軍以来の執政、土井大炊頭だ。功績にはことかかぬ」

「では、土井大炊頭はなにもできなくなり、真田を狙うことも……」

「そうはいくまい」

小さく真田信之が首を振った。

「お飾りとはいえ、身分は老中の上にある。幕府のすべてを動かすだけの権がある。

なにより、政の雑務から解放されるのだ」

「それでは……」

「今まで以上に、真田に執着してくれるであろうよ」

落胆する飯篠新無斉へ、真田信之が告げた。


辰之介の父、太田虎太郎《こたろう》は、一人生きて帰ってきた息子から話を聞くと、にやりと笑った。

「よくやった、よく生き残ったぞ」

虎太郎が辰之介を褒めた。

「…………」

さすがに山里伊賀組最後の生き残りとなった辰之介は意気消沈していた。

「あとのことは、父に任せよ。おまえは長屋で休んでおれ」

辰之介を残して、虎太郎は組屋敷を出た。

虎太郎は、御広敷伊賀者である。組頭でも小頭でもない、ただの同心である。三十俵二人扶持の禄を後生大事に守り続けてきた。

「運が向いてきたの」

歩きながら虎太郎が独りごちた。

「山里伊賀組隠密方は壊滅。組頭も小頭も死んだ。となれば、唯一残った辰之介が、組頭となるべきである。足りなくなった隠密方伊賀者は、御広敷のなかから補充すればいい。これで山里伊賀組は、御広敷伊賀者の下となる」

虎太郎がつぶやいた。

御用部屋の支配を受ける山里伊賀組と違い、御広敷伊賀者は将軍家と大奥の指揮下にあった。

いわば、将軍家直属の隠密である。

しかし、三代将軍家光は、幕政のすべてを寵臣である松平伊豆守や阿部豊後守へ任せ、己は何一つしようとしない。当然、隠密御用などがあるはずもなかった。

隠密御用で支給される手当によって生きている伊賀者である。用がなければ金が入らず、貧していくだけとなる。御広敷伊賀者は、下帯さえもつくろって使い続けねばならないほど、困窮していた。

「これだけよい話だ。褒美は大きくしてもらわねばな。せめて小頭。いや、次の組頭への推挙。それくらいの値打ちはある」

うれしそうに虎太郎が言った。

御広敷まで出た虎太郎は、組頭のもとへ顔を出した。

「非番であろう。どうかしたのか」

御広敷伊賀者は、朝入って翌朝までの一昼夜勤を三日ごとに繰り返す。一日働けば二日休みとなるのだ。

「ちとおもしろい話を耳にいたしましたのでな」

「ほう」

虎太郎の目を見た組頭が、手で配下たちに出ていけと合図をした。

「なんだ」

人払いをしてから組頭が訊いた。

「山里伊賀者が……」

すべてを虎太郎が話した。

「そのことか。ならばとっくに知っておる」

「えっ」

淡々と応えた組頭へ、虎太郎がまぬけな反応をした。

「伊賀者四名が死んで、気づかぬとでも思っておるのか」

組頭が虎太郎を馬鹿にした。

「では……」

どうするのかと虎太郎が問うた。

「山里伊賀組がどうなるかは、御用部屋の判断じゃ。最悪潰されることになろう。御用を果たすどころか、私怨で動いたとなればな。それも無傷で知られずに完遂したというならばまだごまかしようもあったが、このありさまではの」

「しかし、復讐は伊賀の掟《おきて》でございまするぞ」

虎太郎が山里伊賀組をかばった。

「馬鹿者。すでにときは乱世ではない。一人一人で任を請け負い、遠い土地で故郷の山を思いながら死んでいった仲間の霊をなぐさめることなどもうないのだぞ。伊賀が一つにならねば、外からの侵略に耐えられなかったころとは違うのだ。伊賀は幕府に守られておる。個々に恨みを晴らさずともよい」

「それでは……」

「三枝どもは、無駄死にであったというだけじゃ」

冷たく組頭が言った。

「息子、辰之介はどうなりましょう」

「伊豆守さまのご機嫌次第よ……太田。逃がすならば、今のうちぞ。下知《げじ》が出てしまえば、儂でもかばってやれぬ」

暗に江戸から逃がせと組頭がそそのかした。

「おかしいではござらぬか。他の四人が倒されたにもかかわらず、辰之介は無傷で逃げ出して参ったのでござるぞ。腕のたしかさはこれでもわかりましょうが」

「伊豆守さまは、武士である。それも戦働きの経験がない武士。武士とは卑怯未練なまねをせぬことに矜持《きょうじ》をもっておる。生き残らねば意味がないのにの。話がそれたわ」

組頭が苦笑した。

「伊豆守さまはな、上様のご寵愛で執政の座に就き、数百石の旗本から武蔵忍三万石にまで昇進された。わかるか。手柄なくして立身した。上様に身体を差し出して出世を買った蛍《ほたる》大名との悪口が伊豆守さまへ付いているのだ」

「…………」

肯定するわけにはいかないが、伊豆守のあだ名が蛍であることくらい、江戸城に勤める者だけでなく、城下の庶民でも知っていた。

「世間ではまだまだ乱世を知っている強者《つわもの》どもが幅をきかせておる」

関ヶ原の合戦から三十八年、大坂の陣から二十三年である。戦場往来の経験がある大名旗本は、まだまだ現役であった。

命をかけて戦い、一族を死なせて徳川を天下人へのしあげたと自負している旗本や譜代大名たちから見れば、閨《ねや》でかわいがられただけで数万石の領地と老中という地位をもらった松平伊豆守たちは、侮蔑の対象でしかなかった。

「ふん、蛍めが」

「血しぶきを浴びたこともないくせに」

こう、聞こえよがしに、松平伊豆守たちを揶揄《やゆ》する者はあとを絶たない。

「侮られては武士としての体面が保てぬ。伊豆守さまは、武士としての根本である忠義、潔さに固執されるしかない」

淡々と組頭が語った。

「そんな伊豆守さまぞ。仲間を見捨てて逃げて帰りました。生きて戻って参ったのはわたくしだけでございますので、組頭にしていただきたいなどと申して見よ。どうなるか」

「幕臣にあるまじき卑怯な振る舞いとお叱りになる」

虎太郎が口にした。

「叱りおくだけではすむまいなあ。己の信念を見せつけるため、山里伊賀組は解体、辰之介は切腹……こうなるだろう」

予測を組頭が告げた。

「逃がしてやれ。辰之介が帰ってきたことは、聞かなかったことにしてやる。伊賀へ戻ることもできぬが、忍の技を活かせば、盗賊で食べていける」

「息子に盗みをせよと」

「もともと忍は、盗みも仕事だったのだ。敵の領地に入って密書を奪ったことなど、いくらでもある」

きっとなった虎太郎へ、組頭が述べた。

「……いたしかたございませぬ」

虎太郎が引き下がった。

御広敷を出ながら、虎太郎が怒りを口にした。

「ふざけたことを言いおって」

虎太郎は、組頭の言葉が嘘で固められていることに気づいていた。

「執政衆にとって伊賀者など、武士ではない。ただの道具だ。鋏《はさみ》が布を切りまちがったからといって、捨てる者がいるか」

吐き捨てるように、虎太郎が言った。

「組頭め、山里伊賀組まで手にしようとしておるな」

四つに分割された伊賀組の組頭に格の違いはないとされている。しかし、現実はもっとも数の多い御広敷伊賀組が筆頭扱いであり、小普請伊賀組にいたっては、左遷同様とされている。ところが、出世頭の御広敷伊賀者の組頭は隠密御用が滅多にない分余得が少なかった。もちろん、ほとんど余得のない明屋敷伊賀者、まったくない小普請伊賀者よりはましだが、山里伊賀組組頭よりは、はるかに少なかった。

「辰之介を逃がしなどしたら、組頭の思うつぼぞ。なにが、盗賊は伊賀の本質じゃ。幕臣の息子が盗賊になったなどと知られてみよ、儂まで累《るい》が及ぶわ」

虎太郎が憤慨した。

「こうなれば、直接辰之介を伊豆守さまのもとへ行かせるしかない」

身分からするととても会えないが、任の報告となれば、伊賀者でも老中と話をすることはできる。

「急がねば……」

急ぎ足で虎太郎は長屋を目指した。

二

永道斉は、虎之間で茶を点《た》てた。

「ふうう」

濃いめの茶を己で喫した永道斉が、嘆息した。

「報せておくべきなのだろうな。しかし、これ以上巻きこまれるのも面倒だが」

永道斉のもとへ、山里伊賀組壊滅の報せは届いていた。

「御霊屋《みたまや》坊主も残るは、深泉一人。その深泉には、真田伊豆守信之どのを狙わせねばらぬ。山里伊賀組のいなくなった穴を埋めろといわれてはかなわぬ」

空《から》になった茶碗を手のなかでもてあそびながら、永道斉がつぶやいた。

「かといって、知らぬ顔をするのもよくないか。松平伊豆守さまは、腹芸のできぬお方じゃ。すぐに顔へ出る。土井大炊頭さまに失敗を悟られるのは、確実」

永道斉は、目を閉じた。

「天下定まり、争いはなくなった。なのに、土井大炊頭さまは、新たな戦を起こされようとしている。泰平がそれほどお気に召さぬか、真田がそこまで憎いか。かつて徳川と戦った大名たちが、今は臣従している。いや、殺しあった大名同士が、なかよく酒を酌《く》み交わすようになった。我ら坊主も、戦の前の必勝祈願として血祭りにあげられることもない。明日があると確実にわかる世のどこが悪いのであろう。たとえ真田を潰したとしても、秀忠さま、土井大炊頭さまが、関ヶ原に遅参した事実は消えぬのだぞ」

あきれた口調で永道斉が独りごちた。

「やはり土井大炊頭さまは、家康さまがお子さまよなあ。執念深いところがよく似てござるわ」

永道斉が息をついた。

幕府にとって神となった徳川家康の執念深さとは、豊臣家への対応であった。

もともと徳川家康は豊臣秀吉の主にあたる織田信長の同盟者であった。信長の家臣である秀吉より格上になる。もし、織田信長が本能寺の変で殺されず、天下を取っていたとしたら、数百万石の領地を与えられ、家康は格別な家柄としてあつかわれたであろう。

しかし、信長は野望の寸前で倒れ、最大の大名が支柱を失った。その跡を継いだのが、本能寺で信長を討った明智光秀を叩いた秀吉であった。

秀吉は、またたくまにかつての同僚たちを懐柔、あるいは滅ぼして、織田家の勢力を吾がものとし、天下人へ走り出した。

もちろん家康も黙って見てはいなかった。信長の遺児と組んで秀吉に痛撃を与えたりして、天下はまだ決まっていないと表明した。本能寺の変によるどさくさで、領地を増やした家康は、精強を誇る三河兵を背景に秀吉と争った。

だが、ときの趨勢《すうせい》は秀吉にあり、孤立することをおそれた家康は膝を屈し、豊臣の家臣となった。

ときの流れとはいえ、格下の秀吉に頭をさげざるを得なくなった家康だったが、着々と起死回生の手を打っていた。婚姻をつうじて、伊達や前田などの大名たちとつながりを強めたり、困った者へ金を貸してやるなどして恩を売ったりした。

それが関ヶ原の勝利となった。秀吉の死後、そのまま天下を受け継いでいた秀頼は、一気に和泉《いずみ》、摂津、河内《かわち》、三国六十四万石の大名へ陥落した。

天下は家康のものとなった。

それでも家康は満足しなかった。天下には数十万石をこえる大大名がいくつもある。これらが手を組んで叛乱《はんらん》を起こせば、ふたたび天下は乱れる。その旗印となるのは、豊臣秀頼である。

家康は、大名たちの連結を防ぐためと、戦国と決別するべく豊臣を討つことにした。

かといって、なんの罪科もない秀頼を攻めることは、世間の反発がきびしい。家康はありとあらゆる手段を使って豊臣を挑発し、我慢しきれなくなった秀頼が暴発するようにとしむけた。その結果が大坂の陣である。

豊臣秀吉が持てる財力と天下の力を結集して作った大坂城を、攻めあぐねた家康は、偽りの和睦を持ち出し、油断した豊臣の隙《すき》をついた。和睦の条件をかってに改竄《かいざん》した家康は、大坂城の出丸惣堀を破却、豊臣家を丸裸にしたうえで、再度攻めた。

こうして関ヶ原から十五年かけて、家康は豊臣を滅ぼした。

「執念深いお方と敵対するは、得策にあらずだな」

あきらめたように永道斉は立ちあがった。

御用部屋坊主から耳打ちされた土井大炊頭は、御用部屋を出て、入り側の片隅で控えている永道斉のもとへと足を進めた。

「真田を殺したのか」

前置きもなく、土井大炊頭が言った。

「いえ」

「いつまでときを無駄にいたしておるか。殿中でやればいいと申したはずだ。真田伊豆守も脇差しか身に帯びておらぬ。戦陣坊主にかかれば、赤子の手をひねるようなものであろうが」

申しわけなさそうに頭をさげる永道斉へ、土井大炊頭がきびしい声をかけた。

「月次登城でもなければ、真田伊豆守さまはご登城なされませぬ……」

来ない者は殺せぬと永道斉が言いわけをした。

「ならば、次の月次登城の日におこなうのだな」

「……はっ」

言質《げんち》を取られた形になった永道斉が、しぶしぶ首肯した。

「で、なんだ」

永道斉を追い詰めて満足したのか、土井大炊頭が問うた。

「山里伊賀者が……」

「ふん」

話を聞いた土井大炊頭が鼻先で笑った。

「蛍もこれで思い知ったであろう」

侮蔑の言葉を土井大炊頭が吐いた。

「では、これにて」

用件は終わったと永道斉は、そそくさと土井大炊頭から背を向けた。

「待て」

土井大炊頭が止めた。

「真田信吉の死か。さして珍しいことではないが、真田伊豆守への嫌がらせにはなろう」

「…………」

永道斉は返答しなかった。

「信吉の妻は、酒井雅楽頭忠世の娘であったの」

「はい」

気働きを主とする御殿坊主である。永道斉は、大名同士の姻戚にも精通していた。

もっとも酒井忠世は二年前に死没している。さらに跡を継いだ忠行も八カ月後に病死、今の当主は忠世の孫にあたる忠清である。

「叔母婿を殺されたと知ったならば、酒井忠清は怒るであろうな」

酒井家は、徳川四天王と讃《たた》えられる功臣の末であるだけでなく、遠祖は徳川家と繋《つな》がる名門であった。格からいえば、三河譜代でない土井大炊頭よりはるかに上である。

一門とするにふさわしいと思えばこそ、真田の嫡男へ娘をやったのだ。いや、真田の次期当主だから婚姻をなしたのだ。真田存続のためとはいえ、婿を殺されたなれば、酒井家の面目は丸潰れであった。

「酒井さまのお耳に入れられまするか」

土井大炊頭と先代酒井雅楽頭忠世は、二代将軍の執政としてともにつくしてきた仲である。酒井忠世が死んだあとも親交は続いていた。酒井忠世の孫、忠清を元服と同時に奏者番へと引きあげたのも、土井大炊頭である。酒井忠清も土井大炊頭の言うことならば、そのまま信用する。永道斉が、そう考えたのも当然であった。

「そなたたちで聞かせよ」

あっさりと土井大炊頭は、首を振った。

「わたくしどもでございまするか」

永道斉が息をのんだ。内容が内容である。土井大炊頭の口から伝えるから真実となるのだ。いかに城中の噂を把握している御殿坊主でも、証拠なしで信じろというには無理があった。

「証拠など作ればよかろう。得意であろうが」

氷のような目で土井大炊頭が見た。

「……………」

冷や汗を永道斉は掻《か》いた。

御殿坊主は城中の噂を売って金にしていた。そのなかでもっとも実入りのよいのは、お手伝い普請の話であった。

大名にとって幕府のお手伝い普請ほどやっかいなものはなかった。まず金がかかる。己の腹が痛むことのない幕府は、普請の材料から工法まで、やりすぎと思うほどの贅沢を命じる。千両ですむものが、三千両に膨らむのだ。

それを御殿坊主たちは利用した。お手伝い普請の話が御用部屋で持ちあがったのを聞いた御殿坊主は、まだ決定する前に適当と思われる大名へ話を持ち込むのである。

「つぎのお手伝い普請は、貴家に決まりそうでござる」

聞かされてあわてる大名へ、御殿坊主は続けた。

「外していただくよう御老中さまに申しあげてみましょうや」

「よしなに」

大名は藁《わら》にもすがる思いで、御殿坊主に頼み込む。

「多少の費用が……」

こうして御殿坊主は、大名から金を受けとる。

受けとったからといって動くことはなかった。お手伝い普請など数百ある大名家の一つ、多くとも三つぐらいにしかあたらないのだ。放置していたところで、まず金を出した大名家へ命じられることはない。

万一、お手伝い普請が当たったところで、大名は文句も言えなかった。御殿坊主を敵にまわせば、明日から江戸城で孤立することになる。

薄禄の御殿坊主が、妾を囲うほどの贅沢ができるのは、自らが生み出した噂のお陰であった。

「ごくろうであった」

言葉を失った永道斉を残して、土井大炊頭が、御用部屋へと帰って行った。

「藪蛇《やぶへび》になるかと思ったが……出て来たのは鼠《ねずみ》だったな」

真田信政を御殿坊主でどうにかしろと命じられるかと危惧《きぐ》していた永道斉が、肩の力を抜いた。

「証拠を作るか。面倒な。いや、そのようなことせずとも、酒井河内守忠清どのは、まだお若い。十五歳か、そこらであったはず。疑心を植え付ければ、かってに暗鬼が生まれてくれよう」

永道斉は虎之間へと足を向けた。

晦日《みそか》、月次登城をした真田信之は、みょうな気配に気がついた。

「見られておる」

人の目には気配が伴う。ゆっくりと江戸城の廊下を進みながら、信之はさりげなく周囲を見た。

「あれは……」

帝鑑の間から一人の青年大名が、近づいてくる信之を睨みつけていた。

「酒井河内守忠清どのではないか」

信之は目をさりげなくそらした。

「おはようござる」

信之は関ヶ原以前から徳川に味方していたということと、家康の養女を妻とした関係で、古来譜代の者の間とされる帝鑑の間に席を与えられていた。

廊下から入るところで、足を止め、信之は一礼した。

「おはようござる」

「これは、伊豆守どの、ご壮健そうじゃな」

なかにいる大名たちが挨拶《あいさつ》を返していくが、酒井忠清はじっと信之を見つめたまま黙礼さえもしなかった。

「先日までは、にこやかに挨拶を交わしていたはずだが」

真田家と酒井家は、婚姻をつうじて親戚となっていた。もっとも、酒井忠世、忠行と代を変えたこともあって、かつてほど交流はなくなっていたが、それでも節季ごとに音物《いんぶつ》はやりとりしていた。

「そうか」

腰を下ろしながら信之は忠清の態度を理解した。

「誰か信吉のことを告げた奴がおるな。大炊頭か。いや、違うな。それならば、酒井河内守どのは、黙っておられまい。すぐにでも儂を糾弾に来る。となれば、噂ていどだな。お若いゆえ、そのようなことなどないと笑い飛ばせぬか」

信之が独りごちた。

「なにか」

隣に座る本多甲斐守政朝が、信之の独り言を聞き咎めた。

「いや、なんでもござらぬ。お気に障り申しわけござらぬ」

信之が詫びた。

本多政朝は、信之の妻であった小松姫の甥にあたる。寛永八年（一六三一）、父の跡を継いで姫路藩主となったが、勇猛でならした本多一門としては、珍しく繊細で、身体も弱かった。

「ならばよろしいが……」

ついと政朝が、目を酒井忠清へと走らせた。

「ずいぶんと疳《かん》をおたてのようでござるぞ」

「はて、なにがござったのか」

他人目《ひとめ》も気にしない酒井忠清へ、信之が嘆息した。

「巻きこまれるのは、勘弁願いたい」

政朝が小声で言った。

徳川幕府成立に、いや、家康を天下人にした最大の功臣は誰かと問えば、百人が百人、本多忠勝だと答えるだろう。本多政朝の祖父、忠勝はそれほどの人物であった。しかし、それがぎゃくに今の本多家を微妙な立場としていた。嫉妬である。忠勝の功績に報いただけならまだしも、続いて、息子忠政、さらに孫忠刻《ただとき》の二代にわたって与えられた厚遇が原因であった。なんと家康は忠政の妻に、嫡男信康の娘を配し、忠刻には、孫で秀忠の娘、豊臣秀頼の正室であった千姫を与えたのだ。家康長男の娘、秀忠の長女、血筋からいってもこれ以上の縁組みはないと断言できるほどの寵愛は、本多家を徳川家臣団から浮かせていた。

「ご案じあるな。なにもございませぬよ」

信之がなだめた。

「ならばよろしいが……」

ささやくようにして、政朝が信之から目をそらした。

「他にやることはないのか」

苦笑しながら信之は、月次登城の一日、退屈にそなえるよう目を閉じた。

三

松平伊豆守のもとへ山里伊賀組敗北を報せてきたのは、御広敷伊賀者組頭であった。

「ご苦労であった。下がれ」

事実を把握した松平伊豆守は、組頭へ手を振った。

「おそれながら……」

組頭が松平伊豆守の顔を下から見あげた。

「山里伊賀組の再建をお任せ下さいますように」

平伏しながら、組頭が願った。

「不要じゃ」

あっさりと松平伊豆守が切り捨てた。

「な、なんと。山里伊賀組は解体でございまするか」

不要の一言に、組頭が絶句した。

「ではないわ。ただ、きさまごときが口出しをするな。身分をわきまえよ」

「はっ。申しわけございませぬ」

執政を怒らせれば、伊賀者など風前の灯火《ともしび》である。あわてて、組頭が平伏した。

「山里伊賀組は、唯一の生き残りに任せる」

「えっ」

組頭が驚愕した。

「逃げ出してきた者でございまするぞ」

辰之介の失敗を組頭が口にした。

「……愚か者め。きさまごときが、よく伊賀者の頭だと言えたものだ」

冷酷な声を松平伊豆守が出した。

「忍の任はなんだ。生きて帰って報告することであろう。勝手な判断をするような権は与えられておらぬ」

「はっ」

平蜘蛛《ひらぐも》のように、組頭が這《は》いつくばった。

「いわば、生き残った伊賀者は、みごと任を果たしたのだ。功はあっても咎める理由はない。他の組にまで口と手を出そうとする強欲な輩より、よほどましじゃ。さっさと去れ。目障りじゃ」

松平伊豆守が、組頭を追いはらった。

逃げるように遠ざかっていく組頭を見ながら、松平伊豆守は嘆息した。

「しかし、使えぬ連中ばかりじゃ。山里伊賀組を再建したとしても、隠密御用に耐えられるほどの腕となるまで、かなりのときがかかろう。伊賀者は間に合わぬ」

松平伊豆守が首を振った。

「まあ、信吉の死に疑問ありと調べただけでよしとするか。金を渡さずともすむしの」

いかに厚顔な忍といえども、任以外で五名中四名が死んでしまっては、報酬をくれとは言えなかった。

「真田伊豆守と直接やり合うか。信政が慣れてないだけよいのだが、当主でないゆえ、呼びださねばならぬ。不審をまねくことになる」

幕府のなかは権謀術策が渦巻いている。それこそ、最高権力者である老中の座を狙っている者は多い。いや、譜代大名全員が望んでいると言ってもいい。

老中の一挙一動は、見張られていた。常にないことをするのは、他人の興味を惹《ひ》いた。

「豊後守の案が、落としどころじゃな」

松平伊豆守は、帝鑑の間にいるであろう信之のもとへと向かった。

「伊豆守おるかの」

帝鑑の間の襖を御殿坊主に開けさせた松平伊豆守が、立ったまま声をかけた。

「これに」

閉じていた目を開いて、信之が反応した。

「話がある。ついて参れ」

返事も待たず、松平伊豆守が帝鑑の間を離れた。

「はっ」

信之が立ちあがった。

「なんでござろう」

「御老中さまが、呼び出しではなく、お見えだったぞ」

帝鑑の間に詰めている譜代大名たちが、驚きで顔を見あわせていた。

「やはり……」

出ていく松平伊豆守の背中を、するどくにらんだ酒井忠清が、立ちあがった。

「どこへ行かれる」

酒井忠清に声がかけられた。

「厠《かわや》でござる」

硬い表情で答えて、酒井忠清が帝鑑の間を出た。

「あそこか」

酒井忠清は信之の後ろ姿を見逃さなかった。

江戸城には、無数の部屋があった。一つの目的のために使用される部屋もあったが、普段まったく人の入らないところも多かった。

松平伊豆守は、その一つへ信之を誘っていた。

「御用でございましょうか」

信之は、ていねいな口調で訊いた。

「決めたか」

唐突に松平伊豆守が言った。

「はて、なんのことでございましょうか」

わからぬと信之が首をかしげた。

「豊後守より話があったはずだ。領地替えを願えとな」

「面妖なことをおおせられる。我が真田家は信州を祖としておりまする。先祖が守ったところを離れる気はございませぬ」

信之は拒絶した。

「よいのか。信吉のことを表にして」

松平伊豆守が問うた。

「死にました息子のことを、いまさらどうなさると」

「その死に不審ありと御用部屋で取りあげることになるぞ」

はっきりと松平伊豆守が脅した。

「なんのことかわかりませぬが……お取りあげになるとおおせられるならば、わたくしはお止めいたしませぬ」

表情を変えることなく、信之が告げた。

「上様へお目通りをすませた嫡男を、廃しただけでも罪であるぞ。それを真田は……」

含みを残して松平伊豆守が言葉をきった。

襖の外で聞き耳をたてていた酒井忠清が、表情をゆがめた。

「御老中といえども、聞き逃しにできませぬな」

信之が松平伊豆守へ、一歩迫った。

「な、なにをする気ぞ。殿中で老中へ手を出せば、どうなるかわかっておろう」

腰を引きながらも、松平伊豆守が虚勢を張った。

「喧嘩両成敗が、家康さまの定めた幕府の法でございまする」

さらに一歩信之が間を詰めた。

喧嘩両成敗とは、もめごとを起こした当事者両方を罰するとの規定である。戦国の余燼《よじん》が残る幕初、大名や旗本の争いごとが多々あった。乱世ならば力の強い者が勝つですんだが、泰平となるとそうはいかなかった。

力より法を重視しなければ、規律が保てない。家康は、争いごとを根絶するため、加害者、被害者の関係なく、もめたら両方に罪を与えると規定していた。

「上様ご寵愛の執政筆頭どのと引き替えならば、この年寄りの首一つ、安いものでございまする」

信之が脅し返した。

「やはり」

「おのれ……」

松平伊豆守が歯がみをした。

「冗談はさておき、それでよろしいのか」

放っていた殺気を信之が収めた。

「ど、どういうことだ」

息を整えながら、松平伊豆守が訊いた。

「真田を転封するだけで、土井大炊頭どのは、ご納得なされますかな」

信之が疑問を呈した。

「せねばならぬ。真田を潰すなと、上様がご命じられたのだ」

松平伊豆守が断言した。

三代将軍家光は、祖父家康を慕い、父秀忠を嫌っていた。危うく実父から廃嫡されそうになったのを、家康によって救われたのだ。当然であった。

真田昌幸は、関ヶ原で家康と組み天下を徳川へもたらし、同時に秀忠へ武士として生涯消えぬ恥辱を与えたのだ。祖父家康の密約がなくとも、家光は真田のことを気に入っていた。

「ご無礼は承知で申しあげましょう。というより、肚を割りましょうぞ」

信之は、口調を変えた。

「大炊頭にとって、上様とはどのような方なのでございましょうや」

「……仕える主君であり、尊敬すべき将軍である」

「それは、伊豆守さまがものでございましょう。いや、堀田さま、阿部さまも同じ」

答えた松平伊豆守へ、信之は首を振った。

「お気づきでござろう」

信之は、うながした。

「土井大炊頭さまは、上様を至上とは考えておられぬ」

「くっ」

松平伊豆守が頰《ほお》をゆがめた。

「土井大炊頭さまの生い立ちを見ればわかりましょう。あのお方は恨みに凝り固まっておられる」

「……真田なればこそ気づいていたか」

静かに松平伊豆守が認めた。

「ゆがむのも無理はございますまい。神君家康公の血を引いておきながら、他のお子さま方とは一線を画した扱い。どころか、子として名のることもできぬ境遇。出自のことはいたしかたないこととあきらめられても、家康さまが駿河、三河、遠江の太守となられてからまで、いや、天下を取られてからも日陰のまま」

「…………」

無言ながら松平伊豆守が、同意の証《あかし》として、小さくうなずいた。

「なればこそ秀忠さまに共感された。関ヶ原で恥をかかされ、将軍となってからも、政は父家康さまの言葉で動き、戦下手な将軍と大名から忠誠も向けられぬ」

幕府を開いた家康は、将軍の座をわずか二年で秀忠に譲った。己は大御所となり、駿河へ隠居したが、家康は手元に有能な譜代大名たちをおき、天下の政をおこなった。江戸城と将軍位を受け継いだ秀忠も老中を任命し、施政を始めた。しかし、江戸の出した令を駿河がひっくり返すということも多く、天下の実権はいまだ家康が握っていた。

とくに強烈であったのが、三代将軍選定であった。

秀忠は、己が家康の三男であったこともあり、長幼を重視する気はなかった。いや、したくはなかった。長幼を言いだせば、二代将軍は、家康の次男である秀康がなるべきであったからだ。なぜか生まれたときから家康に嫌われた秀康は、武将としての才能を持っていたにもかかわらず、徳川から養子に出され、跡継ぎから外されていた。

家光より聡明な忠長がかわいかった。巷間《こうかん》では、そう噂されているが、じっさいは違った。秀忠は、己の継承を正当とするため、次男家光ではなく、三男の忠長を三代将軍としたかったのだ。

それを家康が邪魔した。

家康は、世継ぎのお家騒動をなくすには将軍家が模範を示すべきと考え、長子相続を是とした。

いわば己の相続を、否定されたにひとしい秀忠は憤慨したが、家康に逆らうだけの気力も軍力もなかった。将軍になり旗本八万騎の主となったとはいえ、家康に対抗できるはずもなかった。戦となれば、諸大名のほとんどは家康につく。三万を率いていながら、三千の兵に翻弄され、天下分け目に遅れた秀忠のもとへ馳《は》せ参じる大名などいるはずもなかった。それどころか、旗本たちもなだれをうって家康方へ走ることは明白である。秀忠は悔しさを飲み込むしかなかった。

ともに家康への恨みを持つ主従が、強固に結びつくのは当然の帰結であった。土井大炊頭と秀忠は、君臣の枠をこえた仲となった。

「ご当代の上様、家光さまは、いわば秀忠さまへ土を付けたにひとしい。それを生き残った土井大炊頭が許すはずもない。かといって、将軍家を表立ってないがしろにすることはできぬ。となれば、矛先《ほこさき》はどこへ」

信之は、松平伊豆守を見た。

「秀忠さまへ恥を掻かせた真田と……」

松平伊豆守が言葉を切った。

「家光さま譜代というべき、我ら執政衆」

唇の端を噛《か》みながら、松平伊豆守が言った。

「おわかりか。吾が真田を転封したところで、土井大炊頭さまは、決して手を緩められぬ。認められるわけがない。移封させた手柄は、伊豆守さまらのものとなり、真田はどういう形であれ、存続する」

「……たしかにの」

松平伊豆守が理解した。

「かならずや、土井大炊頭さまは、手を出してこられよう。存続した真田を潰そうとして。どのような理屈をつけてもいい。真田を潰せれば、かばった形となった伊豆守さま、豊後守さまのお二人にも傷をつけることができますゆえな」

さきの一手も信之は読んでいた。

「……やはり排するべきだ」

小さい声ながら、はっきりと松平伊豆守が口にした。

「お手伝いはいたしかねまするぞ」

信之は笑って見せた。

「当然じゃ。譜代とは名ばかりの外様の手を借りたとあっては、上様のご信頼を受ける我らの面子がたたぬわ」

松平伊豆守が、憤慨して見せた。

「一言だけ。飾りものとなるのが、上様とはかぎりませぬ」

「なにっ」

信之の言葉に、松平伊豆守が息をのんだ。

「もうよろしゅうございましょうか」

いつものていねいさに戻って、信之は訊いた。

「うむ。ただ、信吉がこと、見逃したわけではないぞ」

釘を刺すように松平伊豆守が言った。

「真田に今後、不忠の振る舞い見えたるとき、吾が記憶に信吉の名は浮かぶこととなる」

「ご安心を。真田の次代は、家康さまの孫でござる。末代まで真田は、徳川へ忠誠をつくしましょう」

「ふん」

信之の宣言へ、松平伊豆守が鼻を鳴らして応じた。

「そのようなことが……」

襖ごしに耳をそばだてていた酒井忠清が、あわてて離れた。

「長子相続の意味はそれだけか。能ある者が家を継ぐ。馬鹿でも虚《うつ》けでも長男ならば家を継げ、次男は聡明であっても、員数外。馬鹿でも大名はできる。だが、補佐する家老や藩士たちまで、長子相続で能なき者ばかりとなれば……家は決して栄えることはない。待て、もしや、家康さまは、それを見こして……」

酒井忠清が息をのんだ。

「大名たちが腑抜《ふぬ》けになれば、将軍がどれほど馬鹿であっても、牙剝くことはない。それこそ幕府百年の計……」

帝鑑の間へ戻らず、酒井忠清は厠へ向かった。

「お手伝いを」

袴の股立《ももだ》ちを持とうとする御殿坊主を断って、酒井忠清は一人で厠へ入った。

「もともと酒井家は徳川家より格上であった」

酒井忠清は独りごちた。

三河の土豪であった酒井家は、流浪の武将世良田二郎三郎を婿に迎えた。世良田二郎三郎は、男子を作ったのち酒井家と離別し、同じく三河の土豪であった松平家の婿となった。そこで生まれた子供が、徳川家の先祖である。いわば、酒井は、徳川の異母兄筋であった。しかし、乱世で血筋の長幼など役にはたたなかった。やがて勢力を拡大した松平家へ酒井家は吸収され、家臣となった。

「長幼をいうなら、酒井家が徳川の上にあるべき。かといって、いまさら戦を起こし天下を取るなど無理」

酒井家も恨みを飲んでいた。

「ならば、幕府を実質支配すればいい。そうだ。幸い、酒井家は格別の家として執政に加わることができる。ならば、代々筆頭老中となれるようにすればいい。さすれば、天下は吾がもの同様。おもしろい。となれば、少しでも早く立つ位置を上げておかねばならぬ。酒井家が凡百《ぼんぴゃく》の大名となっては困る。そのためには、使えるものをすべて利用する。土井大炊頭にも働いてもらわねばの。生きている間に、余をできるだけ引きあげてもらわねばならぬ」

小便をするでもなく、酒井忠清は思案を続けた。

「土井大炊頭の機嫌を取る。ならば真田を潰すか。いや、待て。あまり早くから力を見せつけては、伊豆守どもから警戒されよう」

酒井忠清がつぶやいた。

「今は、真田を睨みつつなにもできぬ形を装うのが得策か。沼田真田はいずれ使わせてもらおう」

厠を酒井忠清は出た。

「お手を……」

御殿坊主が塗りの桶《おけ》を出した。

「かたじけない」

酒井忠清が、冷たい水に手を浸けた。

四

密談していた部屋から、松平伊豆守と続いて信之が出て来た。

「ご老中さまよ、あまり変わったことをなさらぬように願いたいな」

つぶやいたのは信之を狙っていた御霊屋坊主の深泉であった。

「まったく、登城してからずっと酒井河内守が真田伊豆守を見つめておるし、そのうえ松平伊豆守さまが、呼び出す。こちらの思惑は大はずれじゃ」

深泉がぼやいた。

「家族を逃がし、やっと肚を決めたというのに、気勢を削がれたではないか」

大きく深泉が嘆息した。

殿中での刃傷《にんじょう》は厳禁であった。いや、鯉口を切ることさえも許されていなかった。殿中で刃物を抜くということは、将軍の命を狙っていると同義なのだ。

将軍の命を狙う。それは謀反であった。幕府における最大の罪である。信之を殺せようが、失敗しようが、深泉の命はなかった。侍身分でさえない御霊屋坊主の深泉に与えられる死は、名誉ある切腹ではなく、斬首、最悪磔《はりつけ》であった。磔、斬首は連座が適応され、両親、兄弟、妻、子供も罰せられた。謀反での連座は、男女老若の関係なく、死罪である。

「死ぬ覚悟を保ち続けるのは難しいのだぞ」

口のなかで深泉が文句を言った。

「かといって、せぬこともできぬからなあ。金はもらってしまった」

永道斉は、深泉の肚をくらせるため、すでに金を払っていた。

「あれだけあれば、妻と子が生涯困ることはなかろう」

江戸を離れた妻子の顔を深泉は、思い浮かべた。

「つぎに真田信之が帝鑑の間を出るのは、弁当を遣うときか。そこでやる」

ふたたび覚悟を決めて、深泉が歩き出した。


御殿坊主に深泉のことは報せてある。でなければ、不審をもたれるからである。江戸城中では、将軍でもここにいなければならないとの決まりがある。紅葉山にいるはずの深泉が、大名たちの控えである帝鑑の間近くにいてはいけないのだ。気づかれぬよう潜んだところで、殿中のどこにでもいるのが御殿坊主であり、その目から逃れることはできなかった。

また、大名たちも、己の世話をしてくれる御殿坊主の顔を覚えている。見なれぬ坊主がずっといれば、どうしても気を引くことになった。

「弁当を食えば、出したくもなるだろうよ」

もっとも近い厠の位置を確認して、深泉は帝鑑の間を見張れるところから離れた。

大名の弁当は自前であった。屋敷から持って来た弁当を開き、国名物のおかずを仲の良い大名同士で交換したりして、賑《にぎ》やかに昼餉《ひるげ》をおこなう。

「猪の味噌焼きでござる。先日国元より届きましてな」

「蒸した鯛を醬油に漬けたものでござってな。飯のおかずにもよろしいが、酒の肴《さかな》として逸品でござる」

国自慢というか、弁当の中身を周囲へひけらかす大名も多い。戦場《いくさば》がなくなったことで、自慢する功績を失った大名たちは、身近なもので競争していた。

「伊豆守どのは、変わらぬな」

本多政朝が信之の弁当を覗き込んだ。

「食べ慣れておりますのでな」

信之がほほえんだ。

片手に乗るほどの小さな竹籠《たけかご》が信之の弁当箱であった。他の大名たちが持って来ている立派な塗りの重箱などに比べて質素である。質素なのは中身もであった。信之の弁当は、いつもいつも判で押したように、味噌を付けて焼いた握り飯が三つと子鮎を醬油で煮染《にし》めたものが一つ、たくわんが三切れと決まっていた。

「よい匂いでござる」

焼き味噌の匂いは強い。本多政朝が鼻をうごめかした。

「本多どのの弁当は、別して豪華でござるな」

信之は褒めた。

「いや、それほどでも」

うれしそうに本多政朝が、笑った。

本多家は、初代忠勝、二代忠政までと三代以降はかなり家風が変わっていた。それまでの質実剛健を忘れたかのように、いや、捨て去りたいといわぬばかりであった。生涯絹物を身にまとうことのなかった忠勝の孫は、金糸の縫い取りがある豪奢な衣服を身につけ、食事も魚や鳥を好んだ。

「よろしければ、一ついかがでござるか。山鳥の山椒《さんしょう》焼きでござる。なかなかによろしいものでございますぞ」

本多政朝が、勧めた。

「これは、かたじけない」

ここで断れば、気まずくなるとわかっている信之は遠慮なく手を出した。

「お、これは、辛い。いや、なんと」

山椒の風味が信之を驚かした。

「辛《かろ》うございましたか」

満足そうに本多政朝が笑った。

「山椒が口へと残っている間に酒を流しこめば、たまりませぬぞ」

本多政朝が、盃《さかずき》をあおるまねをして見せた。

「いや、まさにまさに。これは、酒が欲しゅうございますな。珍味でござった。かたじけのうござる」

信之も酒好きである。すなおに同意した。

「お返しするものがござらぬ。ご容赦下され」

「いやいや」

年長である信之に褒められて機嫌よく、本多政朝が手を振った。

「どれ、ちと小用に」

食べ終わった信之は、本多政朝へ一礼すると帝鑑の間を出た。

「どちらへ」

廊下で控えている御殿坊主が訊いた。用を手伝わないと、御殿坊主に余得は入ってこないのだ。

「厠へ。一人で大丈夫でござる」

「それは」

信之の答えに、御殿坊主が残念そうな顔をした。

「…………」

それ以上会話することなく、信之は厠へ向かった。

「大名の行列はご免被りたいでな」

独りごちながら、信之は歩を進めた。

建物が巨大なわりに江戸城の厠は少なかった。早いうちに厠をすませておかなければ、並ぶこととなる。みょうな話だが、ここでも身分は影響した。官位や格式によっては、後ろにいる大名へ、先を譲らなければならないこともあった。

「漏らすようなまねもできぬ」

昼食後は皆厠を使いたがる。かなり我慢しなければならないこともあった。もっとも漏らしたところで、それが恥となることはなかった。

戦場では、したいときに用便できるとはかぎらないのだ。対峙している間に、下帯を解いてなどと悠長なことはできない。戦場往来の経験がある大名は、誰もが垂れ流しの経験をもっていた。

かといって、そのままというわけにはいかなかった。汚れた廊下などの掃除があった。まさか大名が雑巾《ぞうきん》で拭くことなどできない。となれば、御殿坊主へ頼むことになり、よぶんな金が要った。

「うん」

厠の少し手前で、信之は控えている坊主に違和を感じた。

「見たことのない顔だの」

信之はつぶやいた。

御殿坊主が大名の顔を覚えているように、大名も身の回りの世話をしてくれる御殿坊主のことはしっかり記憶していた。

「厠番はおるな」

ちらと目を走らせて信之は確認した。

「…………」

厠前の廊下は、御殿坊主が控えている場所ではない。ここは厠番の御殿坊主の縄張りであった。

「気づかれたか」

一瞬足を止めた信之に、深泉が顔をゆがめた。

「戦場往来の武士というのは、鋭いな」

深泉が頭をさげたままつぶやいた。

「遠すぎる」

信之との間合いは八間（約十四・四メートル）ほどあった。深泉が飛び出したところで、十分信之は対応できる。ときをかけることはできない。邪魔が入れば、信之を仕留め損なうことにもなりかねなかった。

「あと三間（約五・四メートル）近づいてこい」

深泉が息を整えた。

「坊主といえば、先日信政を襲ったのもそうであったという。たしか一人逃がしていたな」

信之は、思い出した。

「坊主の刺客か。江戸城内であれば、これほどの手はないの。どこにいても当然、任を果たしてからも紛れてしまえば、捕まりにくい。土井大炊頭だな。このような嫌らしいことをしてくるのは」

黒幕に思い当たった信之は、じっと控えている深泉を見つめた。

「お先でござる」

立ち止まっている信之へ、一言断って、若い大名が厠へと急いだ。

「…………」

しばらくして、信之は前へと歩き出した。

「来る。なぜだ」

深泉が驚愕した。

「なにを考えている。気づいていないはずはない……」

疑問を感じながらも、深泉は懐に手を入れた。すでに短刀の鯉口は切ってあった。

柄を摑んで抜くだけで、信之を襲うことができる。

「どこで仕掛ける」

信之も機をうかがっていた。

自衛のためとはいえ、殿中で脇差を鞘走らせることはできなかった。襲われたので抜きましたとの理由はとおらなかった。

「さて、どうする坊主」

口のなかで言いながら、信之は一歩ずつ間合いを詰めた。

「………」

正座したまま、深泉は足の指だけを立てた。

「あと半間（約九十センチメートル）」

間合いを深泉が計った。

「よし」

深泉が足の指先の力だけで跳ぼうとした。

「来る」

ふくれあがる殺気を信之は感じた。

「成仏せい」

深泉が短刀を抜いた。

「おうりゃあああああああ」

信之は叫んだ。

戦場往来の胴間声《どうまごえ》を、信之は肚から出した。

「……ひくっ」

深泉の身体が固まった。

「ひいいい」

厠番の御殿坊主が腰を抜かした。

機先を制された深泉が、呆然《ぼうぜん》としていた。

「さっさと仕舞え。たわけが」

信之は深泉に、短刀を鞘へ戻せと命じた。

「人が来るぞ。見つかれば、ただではすまぬ」

無視して斬りかかる愚を深泉はおかさなかった。深泉の覚悟は吹き飛んでいた。

深泉が短刀を鞘へ戻した。

「坊主、土井大炊頭さまへ伝えよ。ときはすでに移ろい、老兵の出番はそろそろ終わりとすべきであるとな」

「…………」

返答を待たず、信之は厠へと向かった。

「なんだ、今の声は」

多くの大名旗本が、集まってきていた。

「これ、鎮まれ、鎮まらぬか」

やはり異変を察知して出て来た目付が叫んでいたが、おさまるようすはなかった。

「伊豆守どの、先ほどのは貴殿か」

大坂の陣でともに戦った井伊侍従直孝が、問うてきた。

「いかにも拙者でござる」

厠の手前で、信之が答えた。

「どういうことだ、伊豆守」

「くうう」

顔色を変えて目付が問うた。

「なに、ちと家康さまに従って戦場往来をしていたころを思い出しただけでござる」

信之は言った。

「家康さま……」

神君家康の名前が出てしまえば、それ以上どうこうすることはできなかった。目付が沈黙した。

「懐かしゅうござるな」

井伊直孝が首肯した。

「武士はやはり戦場に生きる者でございまするな」

笑いながら信之も同意した。

深泉から土井大炊頭へ伝わると知ったうえでの強烈な皮肉であった。

「さよう、さよう」

やはり戦場の経験がある大名たちが、うなずいた。

「ううむ」

苦い顔で目付がうなった。目付とは旗本の俊英が命じられる任である。もとは戦場で振る舞いを監視する軍目付《いくさ》であったことから、城中での礼儀礼法、役人の非違などを見張った。直接将軍と話をすることもでき、目付に睨まれれば、御三家といえども無事ではすまなかった。

いわば城中の安寧《あんねい》を守るのが任である目付にとって、信之の行動は見すごすことができない。しかし、神君家康の名前には、いかに目付といえども立ちむかえなかった。このままでは、目付の権威に傷がつく。かといって咎めにくい。

目付が呻吟《しんぎん》しているのを信之は見抜いた。

「老骨の血がたぎったとはいえ、お騒がせいたしたことはたしかでござる。お目付どの、本日は下城いたし、屋敷にて謹みましょう」

目付の顔も立てねばならない。信之は厠行きをあきらめた。

「うむ。神君さまのお姿を忘れてなかったことは、殊勝である。咎めだてるどころか褒めてしかるべき。しかし、静謐《せいひつ》であるべき城中を騒がしたこともたしか」

落としどころを探っていた目付にとって、信之の提案は渡りに船であった。

「では」

一礼して去っていこうとする信之へ、目付が声をかけた。

「伊豆守」

「はい」

はるかに若い目付へ、信之はていねいに応じた。

「朔日《さくじつ》登城は、遠慮するにおよばぬ」

目付が告げた。

「承知つかまつりました。お心遣いに伊豆守、感謝いたしまする」

なかったことにすると言った目付へ信之は礼を述べた。

「いや、拙者も神君さまとともに戦場を駆けてみたかった。三十年遅すぎたことを無念と思う」

目付が、うらやましそうに述べた。

「いやいや。上様はお幸せなおかたでござるな。これだけの気概をもつ旗本衆がおられる。幕府は安泰でござる。のう、侍従どの」

信之は井伊直孝へ振った。

「いかにも。お目付どのほどの御仁ばかりならば、どこで謀反が起ころうとも盤石じゃ。もっとも、そのときには、吾が井伊家が先陣を承るがの」

井伊直孝も首肯した。

「…………」

褒められた目付が頬を赤らめた。

「では、ごめん」

信之は、まだ廊下に座ったままでいる深泉へ、目をやることもなく踵《きびす》を返した。

五

真田信之の起こした騒ぎは、すぐに永道斉の耳へと届いた。

「ふむ」

永道斉は、深泉に詳しく話を訊くため、紅葉山へと向かった。

「…………」

黙々と深泉が家康の御霊屋を磨いていた。

「おい」

永道斉は、深泉の態度に怒りを覚えた。任に失敗した詫びと言いわけを土井大炊頭へしなければならないのは永道斉なのだ。

「どういうことだ」

「…………」

深泉は反応しなかった。

「返事をせんか」

がまんできなくなった永道斉が、叫んだ。

「静かにせい。御霊屋ぞ。神君家康さまの眠りを妨げる気か」

ぎゃくに怒鳴り返された。

「ううむ」

永道斉はうなった。深泉の言いぶんが正論であった。

「しばし控えておれ」

深泉はふたたび家康の御霊屋を磨いた。

「これで終わりだ」

小半刻（約三十分）ほどして、深泉がようやく掃除を終えた。

ていねいに一礼して御霊屋の扉を閉めた深泉が、永道斉へと顔を向けた。

「勝負にならなかったわ」

深泉が淡々と言った。

「はるか間合いの届かぬところで、気づかれた」

「待て」

話を、永道斉が止めた。

「みょうではないか。厠番坊主から聞いたが、真田伊豆守は逃げることなく近づいてきたというではないか。気づいていたならば、逃げるのが普通であろう」

「一度止まった真田は、すぐに歩き出した。間合いに入ったところで、拙僧は攻撃に出た」

永道斉の疑問を無視して深泉が続けた。

「…………」

「いや、出ようとしたところをくじかれた。戦場往来の叫び声、肚が震えたわ」

「どれほどのものか。思いも付かぬわ」

厠番の御殿坊主も腰を抜かしたと言っていた。だが、御霊屋坊主は戦陣坊主であった。命のやりとりに長《た》け、きびしい修行に耐え抜いて、ようやくなることができた。なまじの武士より心技体共に優れている。その深泉が震えたという声を永道斉は想像できなかった。

「命がけという迫力か」

「違う。あれは、そんな生やさしいものではなかった。なにより命がけならば、拙僧も同じ。互いの命をやりとりするだけの気迫なら、ひけはとらぬ。でなくば、御霊屋坊主はつとまるまい」

「そうだの」

永道斉も首肯した。

表には出ていない。しかし、何人もの大名が戦陣坊主の手で葬りさられていた。

「ではなんだというのだ。おぬしが気圧《けお》されるほどの威は……」

「それを知りたいから、御霊屋を磨いたのだ。永道斉よ、今までも磨きながらずっと家康さまへ話しかけていた。もちろん、返答があるはずはないがな。だが、今日初めて気づいたわ」

深泉が御霊屋へ黙礼した。

「なににだ」

先をうながすように永道斉が言った。

「家康さまが死してなお神と祀《まつ》られているのに対し……」

ちらと深泉が秀忠の御霊屋を見た。

「秀忠さまは、神になれなかった」

深泉が永道斉に顔を戻した。

「なんだ、その差とは」

「想いと覚悟よ」

静かに深泉が告げた。

「覚悟はまだわかる。しかし、想いとはどういうことよ」

永道斉が問うた。

「想いとはな、望みよ。そして意志。神君家康さまは、乱世を終結させ、この国から戦をなくされようとされた。その想いがあればこそ、徳川は天下を取った。いや、想いを理解したから、諸大名が家康さまについた。誰もが戦に飽きていた」

豊臣秀吉による天下統一のあとも戦はなくならなかった。いや、より過酷になった。秀吉は明を征服するという野望を持ち、朝鮮へと侵攻した。

戦は己が生き残るためか、領土を得てより豊かになるためにおこなうものである。その不文律を秀吉は破った。朝鮮へ二度も侵攻したが、結局寸土も得ることはできず、諸大名たちに残ったのは、疲弊だけであった。

「その想いが真田にもあったというか」

「うむ。家を護らねばならぬとの想い。対して拙僧は、家族を逃がし、独り身となったことで、想いを失ってしまっていた」

深泉が語った。

「なにより覚悟が違っていた」

「死ぬ覚悟なら、おぬしのほうがしていたであろうに」

殿中で大名を襲うのだ。死罪は確定している。

「一人の覚悟ならな」

「どういうことだ」

「さきほどから訊いてばかりだな」

あざけるように深泉が笑った。

「死んでこいと命令するだけで、おぬしは傷も付かぬ。少しは己で考えてみよ」

「…………」

永道斉が黙った。

「一つだけ教えてやろう。本物の覚悟をな」

「なんだ」

不審な顔をした永道斉の目の前で、深泉が懐から短刀を出した。

「今ならば、真田伊豆守の声ごときに、負けなんだものを」

深泉が短刀で腹を突いた。

「な、なにを……」

永道斉が絶句した。

「二度にわたって失敗した拙僧を土井大炊頭は許すまい。いや、拙僧だけでなく、逃げた妻子にまで手を伸ばすだろう」

ぐっと深泉が短刀を横へ引いた。

「御殿坊主を束ねるというならば、これで土井大炊頭を説得してくれよ。乱世は遠くなったのだ。もう戦陣坊主は……」

深泉が崩れ落ちた。

「御殿坊主の覚悟か……」

呆然と永道斉がつぶやいた。

永道斉は、死体の始末をすませてから、土井大炊頭のもとへ伺候した。

「真田伊豆守が、おもしろいことをしてのけたそうだの。自ら謹慎を申し出て、そのまま下城したと聞いたぞ」

土井大炊頭の口から出たのは、遠回しな皮肉であった。

「深泉は腹を切りましてございまする」

「で、どうするのだ。まだ真田は生きておるぞ。余は、殺せと命じたはずじゃ」

永道斉の話を無視して、土井大炊頭が続けた。

「なにとぞ、深泉の一族には格別なご配慮を」

「次の登城日は、朔日であるな。その日、坊主どもを集めて一斉に斬りかかれ」

登城する大名たちを預かるのも御殿坊主の任である。御殿坊主ならば、太刀を城中へ持ち込むのは容易であった。

「想いと覚悟の違いであったと深泉は申しておりました」

土井大炊頭の言葉を永道斉が無視した。

「想いと覚悟だと……」

ようやく土井大炊頭が反応した。

「想いとは……」

永道斉が語った。

「で、覚悟とはどうだと申すのだ」

土井大炊頭が先をうながした。

「己で考えろと告げて、腹を切りましてございまする」

「……ふうむ」

しばらく沈思した土井大炊頭が口を開いた。

「一人の命ではないということか。腹切った坊主は、己の妻子のために命を捨てた。真田伊豆守は、数千の家臣のために生き抜こうと覚悟を決めた」

「他人《ひと》のためでございましたか」

やっとわかったと永道斉が納得した。

「しかし、生意気なことをしてくれるな。真田伊豆守め。坊主をつうじて余に覚悟を見せつけるとはの」

土井大炊頭の表情が険しくなった。

「身のほどを知らぬ奴には、思い知らせねばならぬ。永道斉、次はかならず……」

「お断りいたしまする」

命じる土井大炊頭を永道斉がさえぎった。

「なにっ」

土井大炊頭が、まなじりをつり上げた。

「深泉が死に、これで戦陣坊主は絶えました。もう、御殿坊主から追補することはございませぬ」

はっきりと永道斉が拒否した。

「なにを申しておる。家を潰されたいか」

すさまじい目つきで土井大炊頭がにらんだ。

「大炊頭さま、もう戦陣坊主の生きていける世ではございませぬ。裏は滅びるべきでございまする」

「わかったうえで、申しておるのだな」

土井大炊頭が脅した。

「どうぞ。どのような仕打ちでもお受けいたしましょう。ただし……」

一度永道斉が言葉を切った。

「ただし……」

先を土井大炊頭がうながした。

「未来永劫、御殿坊主は、土井家の御用をいっさい承りませぬ」

「なんだと」

土井大炊頭が絶句した。

御殿坊主なくして、城中でなにもできないのは大名も老中も同じであった。いや、御用を果たさねばならぬだけ、老中が辛《つら》い。

「では、ごめんくださいませ」

「…………」

背を向けた永道斉を、土井大炊頭は無言で見送るしかなかった。

第十章　矛と盾

一

幕政のすべてに指示を出した家康。

土井大炊頭、酒井雅楽頭らへ任せたとはいえ、幕府の維持に努めた秀忠。

初代と二代は将軍としての仕事を務めた。だが、幕府も三代となり、老中若年寄など政を実際に担当する役目が機能してくると、将軍の仕事は少なくなる。いや、思いつきで政に口を出し、混乱を招かれては困ると、将軍は祭りあげられた。

かといって将軍が幕府の頂点に君臨していることを変えるわけにはいかなかった。

三代将軍家光は、朝から政の報告を受けていた。

「……奉行には、石川但馬守《たじまのかみ》を起用いたしたく、御用部屋一同推薦申しあげまする」

「よきにはからえ」

土井大炊頭の話を家光はいつものように追認した。生まれてすぐ実の父母である秀忠とお江与《えよ》の方から引き離された家光は、乳母春日局《かすがのつぼね》の手で育てられた。春日局は、家康の望んだ己の手を使ってなにかをさせるのではなく、家臣にすべてを任せるという公家風の教育を家光に施した。ために、家光はなにもしようとはせず、老中たちへ一任していた。

「以上をもちまして、本日の案件は終了つかまつりましてございまする。ご明断恐縮つかまつりました」

褒め言葉を言いながら、土井大炊頭が頭をさげた。

「うむ。大炊頭も大儀であった。下がってよいぞ」

将軍家御座の間上段から、家光が言った。

主君からの許可がなければ、会うことも去ることも許されていなかった。多忙を極める老中土井大炊頭は、いつもなら、待っていたようにもう一度深く礼をして、退出するはずであった。

「どうした」

座ったままの土井大炊頭へ、家光が不審な顔をした。

「おそれながら……土井大炊頭、上様へお願いの儀がございまする」

頭を少し上げ、家光を見あげた土井大炊頭が述べた。

「なんじゃ、申してみよ」

家光が発言を許した。

「はっ。ご加増を願いたく存じあげまする」

「加増とは、誰にじゃ」

土井大炊頭の願いに、家光が首をかしげた。

「わたくしめに下さいませ」

「大炊頭にか。この間二万石くれてやったばかりではないか」

聞いた家光が驚いた。

土井大炊頭の立身は、群を抜いていた。

天正七年（一五七九）、秀忠の守《も》り役として二百俵与えられたのを皮切りに、慶長七年（一六〇二）一万石、慶長十五年（一六一〇）三万二千石、同十七年（一六一二）四万五千石、慶長二十年（一六一五）六万二千五百石、寛永二年（一六二五）には一気に十四万二千石と譜代大名のなかでも屈指の所領を持つにいたった。さらに五年前の寛永十年（一六三三）、十六万石へ加増され、東北を押さえる要所下総《しもうさ》古河へ転封していた。

「上様のご高恩、この身に過ぎたるものと謝しておりまする」

十六万石は、土井大炊頭の同僚であった酒井忠世の孫忠清、徳川四天王の本多忠勝、榊原康政の十万石をはるかに凌駕していた。

「それでもまだ足らぬと申すか」

家光の声に怒りが含まれた。

「この老骨、生きていくには日に五合の玄米があれば足りまする。一年にして二石もあれば十分でございまする」

「ならば、なぜじゃ」

「天下のためでございまする」

土井大炊頭が背筋を伸ばした。

「どういうことぞ」

「幕府百年、いえ、徳川家永久の礎のため。決して私欲ではございませぬ」

「うっ」

凛《りん》とした声で言われて、家光がたじろいだ。

「大炊頭どの。ご遠慮なされい」

小声で小姓組番頭が忠告した。

「………」

小姓組番頭を土井大炊頭が睨《にら》みつけた。

「ひっ」

焼き殺しそうな目つきに、小姓組番頭が息をのんだ。

「上様」

小姓組番頭から土井大炊頭は家光へ顔を戻した。

「い、いくら欲しいのだ」

「三千石を」

「それだけか」

拍子抜けした表情で、家光が確認した。

「さようでございまする」

土井大炊頭が首肯した。

「そのくらいならば……」

「お待ちくださいませ」

許可しようとした家光を、土井大炊頭がさえぎった。

「下総古河藩にではなく、独立した縄地としてお願いいたしとうございまする」

「縄地にせよと申すか」

家光が確認した。

縄地とは、一定の石高を誰にと指名せず、何人かで共有させることだ。たとえば、町奉行の与力などがそうであった。与力総勢五十人に対し、一万石が給地されている。一人頭二百石と割れるが、実際は増減があった。家柄、あるいは筆頭などの役職で、二百石をこえる者が何名かいるのだ。家格で多い者は、代々その石高でいくが、筆頭などの役職による場合は、交代で変化した。もちろん二百石に満たない者もいる。

「なにをする気だ、大炊頭」

低い声で、家光が詰問した。

「上様、大坂の陣から二十年以上が過ぎましてございまする」

土井大炊頭が語り出した。

「それがどうかしたのか」

「武士は戦場を忘れ、ただ享楽に身を任せるのみとなっておりまする」

家光の問いを無視して、土井大炊頭が続けた。

「幕府は、天下の武をつかさどるもの。その幕府を支える譜代大名、旗本たちが、日ごとに腑抜《ふぬ》けておりまする。このままでは、いつか幕府は倒れまする」

「外様どもが兵を起こすというか」

「そうとはかぎりませぬ。御三家が本家を襲うこともありましょう」

「紀州大納言頼宣か」

すぐに家光が反応した。

徳川家康の十男頼宣は、幕府にとって鬼門であった。家康からもっとも寵愛され、その隠居領と安藤帯刀《あんどうたてわき》ら駿河執政衆を譲られた頼宣は、天下への野望を隠そうとしなかった。

「兄と余になんの差がある」

そう公言してはばからない頼宣を、幕府は東海道を扼《やく》する枢要の地駿河から、紀州へと追いやった。しかし、戦国大名の気風を残した頼宣は、あきらめず、裏でなにかと画策している。幕府も知っているが、神君家康直系の息子である頼宣への手出しは、なかなかできなかった。

「ほかにも朝廷が倒幕の詔《みことのり》を出すやも知れませぬ」

「朝廷がか」

幕府の権威は、朝廷から委託されたものである。求められれば返さなければならなかった。

「鎌倉、足利、過去がすべてを物語っておりまする」

土井大炊頭が述べた。

「鎌倉が潰れたのはなぜでございましょう。管領《かんれい》たる北条氏が、宮将軍をいただいたからでございまする。武家の中心に宮を置いては、要《かなめ》となり得ませぬ。武士たちの心が、将軍から離れた。こうして鎌倉は滅びました。では、足利はいかがでございましたでしょうや。将軍こそ一族で継承し続けて参りました。なれど、本拠を都に置いたことで、将軍が公家となり、やはり武士を抑えるだけの力を失ってしまった」

「なにが言いたい。くどくてわからぬ」

長くなった話に家光が焦《じ》れた。

「家康さまがたてられた徳川の天下は、永久でなければなりませぬ。そのためには、お血筋を厳格にお守りするのが当然。さらに将軍の力を誇示せねばなりませぬ」

「その誇示に、使うと申すのか。三千石を」

「はい」

「たかが三千石でなにができる。加賀は百万石、薩摩は七十七万石ぞ。紀州でさえ五十五万石余」

家光が言った。

「石高でいえば、幕府は絶対に安泰なのでございまするぞ。徳川の領地は四百万石をこえておりまする。譜代大名をあわせれば、六百万石に届きましょう。薩摩と島津、伊達、毛利、上杉が手を結んだところで、半分にもなりますまい」

「倍の兵に立ち向かえぬ……なるほど諸藩の侍どもも気概を失っていると」

「ご明察にございまする。いや、諸藩ほど酷《ひど》うございましょう。徳川に負けたのでございますからな」

「ふむ」

「なれど、なかには心の折れておらぬ者もおりまする」

土井大炊頭が、ふたたび話し始めた。

「それらが牙剝いたとき、誰が上様をお守りいたしまする」

ゆっくりと土井大炊頭が、周囲にいる小姓組士たちを見た。

「…………」

家光はなにも言わなかった。

「いや、牙剝かせてはならぬのでございまする。一人が動けば、燎原《りょうげん》の火のごとく拡がっていくやも知れませぬゆえ」

「芽のうちに摘み取る。そのためのものか」

「はい」

土井大炊頭の意図を家光は理解した。

「伊賀者ではいかぬのか」

「いけませぬ。泰平の世に染まった者では役に立ちませぬ」

家光の意見を、土井大炊頭が否定した。

「この先何年経《た》とうとも、何代重ねようと、乱世の気風を持ち続ける。そうでなければなりませぬ。となれば、今、安穏としている者にはつとまりませぬ」

「どうするというのだ」

「浪人を召し抱えまする」

土井大炊頭が告げた。

幕府の大名廃絶策によって潰された藩は、枚挙に暇《いとま》がないほどあった。その潰された家へ仕えていた侍が、浪人となって巷《ちまた》にあふれていた。生きていく糧を失った浪人たちは、わずかな伝手《つて》を頼っては、大名へ面会を求め、召し抱えを望んだ。しかし、泰平の世では、戦場で名をはせた武者でさえ、仕官先が見つからない現状であった。

「生きていくために必死な浪人を召し抱え、世間とは隔絶させて代々戦のことだけをさせまする。読み書きなど不要。ただ、命に従うだけ、上様のために喜んで死地へ赴く者どもでござる」

「余のためにか」

頬を紅潮させて、家光が身を乗り出した。

父から疎まれ、危うく三代将軍の座を弟に取られかけた家光には、忘れられない傷があった。まだ家康によって世継ぎと宣される前のことだ。

ある日、家光は高熱を発して床に伏した。二代将軍秀忠の嫡子である。病床の廻《まわ》りを小姓や医師が取り囲んで看病していた。医師の処方した煎《せん》じ薬を、小姓が匙《さじ》に盛り、家光へ飲ませていたとき、忠長が部屋の前を通った。

「忠長さまじゃ」

誰かが叫んだ。いっせいに一同が動いた。家光へ薬を飲ませていた小姓も、薬匙を放り投げて、忠長のもとへ走っていった。

家光が家康によって跡継ぎとなるまで、毎日このようなありさまだったのだ。松平伊豆守や阿部豊後守ら、ごく一部の寵臣以外を家光が信用できなくて当然であった。

その家光のためだけに命をかける武士《もののふ》の創設を、土井大炊頭はもちかけていた。

「よかろう。三千石ていどならば、さしたることもない」

「かたじけのうございまする」

許可をもらった土井大炊頭が礼を述べた。

「大炊頭、一つだけ念を押しておく。これ以上は出せぬ。その者たちを一人の老中が握るのはまずい」

私兵にするなと家光が釘を刺した。

「重々承知いたしておりまする」

「ならば、委細は任せた。下がれ」

用はすんだと、家光は土井大炊頭へ退出を命じた。

二

屋敷へ戻った土井大炊頭は、家老を呼び出した。

「先日、仕官を求めて参った者がおったの。たしか福島家の浪人」

「それがどうかいたしましたでしょうか」

言われた家老が渋い顔をした。類を見ない立身をして十六万石という譜代屈指の大名となった土井家とはいえ、台所事情はかんばしくなかった。老中という権を振るうには、あちらこちらに、鼻薬をきかせなければならないときも多い。さらに老中であるかぎり、国元へ帰ることはできず、物価の高い江戸で生活をしなければならず、藩邸の費用も他藩に比べて大きかった。とても新たに召し抱えるだけの余裕はなかった。

「功名書きがあったはずだな。出せ」

家老のことなど気にせず、土井大炊頭が命じた。

「……しばしお待ちを」

一瞬躊躇《ちゅうちょ》して見せた家老だったが、主君の言葉にはさからえなかった。一度下がった家老は、紙を束ねたものを手にして戻ってきた。

「こちらに」

「うむ」

差し出された紙の束を土井大炊頭が受けとった。

「関ヶ原にも出ておったのか」

土井大炊頭が、読み始めた。

功名書きとは、武士が己の手柄を記したものである。あらたな仕官を望む場合、功名書きがなければ、まず相手にされないほど重要なものであった。

「宇喜多直家の家臣本間源四郎《ほんまげんしろう》の首を取る。見届け人、佐島市丸《さしまいちまる》」

見届け人とは、首を取ったとき近くにいた者のことだ。これがなければ、功名の確認が取れず、手柄とは認められなかった。

「本間源四郎……知らぬな」

首をかしげながら、土井大炊頭が続けた。

「ふむ。福島忠勝のもとでも働いたか。大坂夏の陣にて、豊臣方の足軽首三つ。冬の陣には参加せずか」

功名書きを土井大炊頭は置いた。

福島忠勝は、福島正則改易の後家督を譲られたが、父に先だって死去していた。

「どうなのだ、この功名は」

土井大炊頭が家老に問うた。

「なかなかのものと思いまするが……今後のお役に立つかどうか」

槍先《やりさき》の功名など、泰平の世に意味がないと、家老は言外に告げた。

「我が家で召し抱えるとなれば、どのくらいじゃ」

「仮に、仮に召し抱えるならば、二百石が妥当かと」

主君の問いに家老が答えた。

「わかった。この者を明日にも呼びだせ」

「殿……」

思わず家老が、腰を浮かせた。

「落ちつけ、余が召し抱えるわけではないわ」

動揺した家老を土井大炊頭が叱った。

「承知いたしましてございまする」

ほっとした表情で、家老が頭をさげた。

翌日、早めに下城した土井大炊頭は、屋敷で待っている浪人へ目通りを許した。

「土井大炊頭である。面《おもて》をあげよ」

書院に座った土井大炊頭が、縁側で平伏している浪人へ声をかけた。

「遠山《とおやま》治三郎《じさぶろう》兼安《かねやす》にございまする」

浪人がより深く平伏してから、背筋を伸ばした。

「ふむ。いくつになる」

「今年で五十歳でございまする」

遠山が述べた。

「功名書きを読んだ。見事ぞ」

「おそれいりまする」

喜色を遠山が浮かべた。

「じつはな、上様が新たにお召し抱えをなさるのだ。それも戦場の経験を持つ武名の者をな。その選定を余が一任された」

「それでは……」

遠山が驚いた。

「そうじゃ。旗本になる」

「ありがたき……」

「三百石でよいか」

「そんなに……」

言葉が最後まででないほど、遠山は衝撃を受けていた。

「ついては、遠山、あと二十名ほど探しておるのだが、腕に覚えのある者。少なくとも大坂の陣で首を討ったことのある者を連れてこられるか」

「はい」

江戸に浪人はあふれている。いくらでもあてはあった。

「余は多忙である。選定はそなたがせよ。石高は縄地で三千石。頭となるそなたが三百石、残りは功名に応じて配分せよ。期限は十日じゃ」

「ははっ」

遠山が平伏した。

土井大炊頭の動きは、即日松平伊豆守の知るところとなった。

「なにをするつもりかの」

松平伊豆守と阿部豊後守は顔を見あわせた。

「上様に直接縄地を願ったというが……」

「うむ。上様にお話をうかがったが、上様のために命をかける者だそうな」

阿部豊後守が苦笑した。

「譜代の者、いや、外様も含めて、侍はすべて、上様のために死ぬ覚悟がなければならぬ」

「理想でしかないがの」

「だけに、上様は喜んでお許しになったのだろう」

大きく松平伊豆守が嘆息した。

「だてに、上様のお傅育《ふいく》をしてきてはおらぬということか」

やはりため息をつきながら阿部豊後守が言った。

「できてしまったものは仕方がない。上様がお認めになられたものを、我らが否定することは許されぬ」

「うむ」

松平伊豆守が首肯した。

「土井大炊頭にお任せになられたのだ。我らが口出しすることは控えねばならぬ。だが、目的は……」

あとを委《ゆだ》ねるように、阿部豊後守が、松平伊豆守を見た。

「真田潰し」

松平伊豆守が断言した。

「許せぬな」

阿部豊後守が口にした。

「上様のお心を利用して、己の恨みを晴らそうなど、家臣としてあるまじき行為」

「かといって、我らが邪魔するわけにもいかぬ」

顔を見合わせて、二人は首を振った。

「真田に教えてやるか。あの者ならばみごとに防いで見せよう」

「難しいの。失敗すれば上様のためとして作った組が潰れる。人がいなくなれば解体されるのは当然だからの。となれば、お喜びになっている上様が気落ちなされよう」

腕を組んで松平伊豆守が悩んだ。

「かと申して、真田が潰れるようなことになれば、神君家康さまのお約束を上様が破ったことになる。これもまた、上様のお心にご負担となろう」

瞑目《めいもく》しながら、阿部豊後守が述べた。

「まったくろくなことをしてくれぬな、あの老体は」

日頃の怜悧《れいり》さを忘れたように、松平伊豆守が、大きく嘆息した。

「じつはの、真田がこのようなことを申しておったぞ。祭りあげられるのは、上様とはかぎらぬと」

「……不遜《ふそん》なことを」

阿部豊後守が、大きく目を見開いた。

「やるしかあるまい」

「真田に教えられたというのが気に入らぬが……」

「良案は誰のものでもない。なにより、我らは真田に恩を感じておらぬ」

「たしかに」

しっかりと阿部豊後守がうなずいた。

「今すぐにか」

「加賀守が復帰するまで待ってはおられるかの」

松平伊豆守が、思案した。

加賀守とは、堀田正盛のことである。加増による国替えのため、老中の実務を免じられ、今は信州松本へ在していた。

「上様にもっとも寵愛された加賀守がおらぬのはちと辛いが、これ以上大炊頭に上様を惑わされてはならぬ」

花畑番と呼ばれた若い小姓のころ、松平伊豆守、堀田加賀守、阿部豊後守の三人は、家光の男色相手として閨《ねや》にはべっていた。

成長するにつれて、肉体のかかわりはなくなっていったが、堀田加賀守は最後まで家光の寵愛を受け続けた。

もともと織田の家臣であった堀田家は、秀吉が天下を取ると豊臣へ鞍《くら》替えし、関ヶ原では西軍として戦った。堀田本家の当主道空に至っては、大坂の陣でも豊臣方として戦い、討ち死にしていた。堀田加賀守の父正吉は、叔父であった道空と袂《たもと》を分かち、大坂の陣で徳川方として戦い、千石の旗本に取り立てられた。すなわち、堀田家は譜代ではなかった。関ヶ原以降に徳川へついた者は、外様でなければならなかった。真田信之が譜代扱いなのは、関ヶ原前に家康の麾下《きか》に入ったからで、このことは幕府の不文律であった。

しかし、堀田加賀守は、家光の寵愛だけで十万石の領土と、幕政最高の権力者老中にまで引きあげられたのだ。

「加賀守を加増という栄誉にみせかけて、御用部屋から外したのも、大炊頭の策謀であろう。我ら三人が一致団結していては、思うように政を動かせぬ」

阿部豊後守が憎々しげに述べた。

いかに土井大炊頭の権力が強くとも、多くの老中が反対する施策を推し進めることはできなかった。なにより、家光に直接話をされては、土井大炊頭の発案といえども、潰される。

「上様にもっとも近しい加賀守を排除する妙手であったことは、認めねばなるまい。さすがに、立身を拒絶させるわけにはいかぬ」

松平伊豆守が苦笑した。

「ふん。だが、土井大炊頭も、同じ手を喰らわされるとは思っておるまい」

鼻先で阿部豊後守が笑った。

「老中より格が上で、実質なにもさせぬ。上様へお話しするに、名称がなくては弱いか」

「老中……老中……若年寄から出世するのが老中……その老中の上となれば、大老、大老ではどうだ」

阿部豊後守の言葉に、松平伊豆守が発案した。

「大老か、大いに老いる。よいではないか。老中をまとめる役とでもしてしまえば、個々の案件には口出しできぬ」

聞いた阿部豊後守が手を打った。

「機を見て上様へ、申しあげようぞ。それまでは、顔に出さぬようにせねばな。知られては、逆襲を受けよう。それこそ、儂とおぬしの二人が御用部屋から放逐されることになる」

松平伊豆守が、締めくくった。

伊織は、斬馬刀を持ち歩くための工夫をしていた。

「油紙でくるむのはいかがで」

弥介が言った。

「錆《さび》はせぬだろうが、とっさにほどけるか。油紙がついたままでは、斬れぬ。殴るだけにならなら使えようが」

「ならば、皮で袋を作るのはどうだ」

相変わらず伊織の長屋に居着いている霞が述べた。

「柔らかいため、刃が皮にまとわりつかれて、抜きにくくなる」

二人の案を伊織は却下した。

「斬馬刀の威力を使わぬという手はないな」

伊賀組の遣い手でさえ、一撃で葬り去る斬馬刀をはずすことはできなかった。

「刃を隠すのと、すぐに使えるとの両立か」

霞が悩んだ。

「要は刃がむき出しでなく、かつ、すぐに使えればいい。ならば板で挟むか」

ふと伊織は思いついた。

斬馬刀は、一撃で馬の骨を断ち斬ることを目的として作られていた。左右の前足を同時に飛ばさなければならないため、当たりに差が出にくいよう、反りは小さかった。

「板で挟んでどうするのだ。板と板を……」

言いかけて霞が止まった。

「そうだ。板と板を紙の紐で結んでおけば、弥介が板を持ってくれていれば、そのまま振り出すことができる。紐を断ちきればいいのだからな。万一、弥介が側にいなくとも、板ごとぶつければ、すむ。板が割れて刃が出るからな」

「なるほどな。一度試してみよう。板を調達してくる」

霞が立ちあがった。

「塀の腰板に使う杉を二枚用意した」

すぐに霞が戻ってきた。

「紐は作ったぞ」

伊織は、懐紙をこよりにして待っていた。

「弥介、板の長さを合わせてくれ」

「承知いたしました」

杉の板を鍔《つば》にあわせて、刃先一寸余裕を取って、弥介が切断した。二枚用意したもので刃をはさみ、こよりで四カ所くくった。

「どうだ」

「板をもって運ぶことはできぬが、もともと斬馬刀は柄を摑んで、切っ先を天へと向けて持つもの。ちとみょうだが、刃を出しっぱなしにしているよりはましだな」

霞の問いに伊織は答えた。

「弥介、持ってみてくれ」

伊織は斬馬刀を横たえた。

「はい」

両手で挟むようにして、弥介が板を持った。

「抜くぞ」

ゆっくりと伊織が柄を持ったまま、下がった。

「いけるな」

鞘ほどの滑りはないが、ほとんど引っかかりを覚えることはなかった。

「刀身は先にいくほど薄くなる。鍔元の縛りに少し余裕を持たせればいいか」

伊織は、こよりを少し弱めた。

「そのまえに、板をもう少し薄くせねば、重いであろう」

笑いながら霞が言った。

「あまり気にならぬな」

木の間へ斬馬刀を納め、あらためて持ち直した伊織は、首を振った。

「しかし、わずかなことで疾《はや》さに差が出るのは確かだ。使用するにはこの半分ほどの厚みで十分だ」

「普請方に頼んでおこう」

霞が請け負った。

三

十日どころか七日目に、遠山治三郎が土井大炊頭へ組の完成を報告した。

「一同の名簿にございまする」

遠山が差し出した。

「うむ」

鷹揚《おうよう》にうなずいて、土井大炊頭が読み始めた。

「……一同、実戦の経験があることの条件は満たしておるな」

「大坂の陣で少なくとも二つ以上の首を取った者ばかりでございまする」

自慢げに遠山が胸を張った。

「うん……この者は」

最後の一人に土井大炊頭が目をとめた。

「お気づきになられましたか」

遠山が一瞬苦い顔をした。

「すさまじい手柄ではないか。これほどの者なれば、どこの大名でも欲しがるであろう。なぜに、浪人いたしておるのだ」

土井大炊頭が首をかしげるほど、最後にのっている者の功名はすごかった。

「鬼頭玄蕃介《きとうげんばのすけ》。大坂冬の陣では、さしたる手柄はないが……」

豊臣家を滅ぼした二度の大坂の陣は、静と動であった。一度目となる冬の陣は、大坂城の堅固さを攻めあぐねた家康が、和睦という計略を使って終わらせた。

大坂の陣は実質夏の陣だけの戦いといってよかった。

「夏の陣で、兜首《かぶとくび》を五つ、足軽十二人を倒したというのか」

土井大炊頭が息をのんだ。

小競《こぜ》り合いていどで終わった冬の陣と違い、夏の陣は終始争いであった。後藤又兵衛、真田左衛門佐幸村、薄田兼相《すすきだかねすけ》、木村重成ら、名だたる豪傑が軍を率いて出陣、あちこちで徳川方と戦った。とくに真田幸村の軍勢の勢いは、徳川の本陣を崩壊させ、あやうく家康が自刃する寸前までいったほど強かった。

「なにがある、こいつに」

きびしい顔で問う土井大炊頭へ、遠山が答えた。

「手柄のためならば、仲間を犠牲にすることをいとわぬのでございまする」

「仲間を犠牲にするとは、どういうことだ」

わからないと土井大炊頭が訊いた。

「敵と対峙している味方を、後ろから突き飛ばすようなまねを、やってくれおるのでございまする」

槍で互いを牽制しているとき、片方が押されて前に出ればどうなるか。槍の穂先に突きさ" さることになる。人の身体を突いた槍は、当然動きを封じられることになり、得物を奪われたに近い相手を討つのはさしたる難事ではない。なにより、不意のことに愕然《がくぜん》として、とっさの対応ができなくなっているのだ。それこそ赤子の手をひねるも同然であった。

「ほおお」

土井大炊頭が、声をあげた。

「それでは、仕官はできぬな」

「はい。どこの大名方も二の足を踏まれましてござる」

「よく組み込む気になったの」

「……どこで話を聞きつけたのか。わたくしのもとへやって参りまして、加えぬならば、抱えられた者を殺して回ると」

「脅しに屈したか。そのようなことでどうする」

情けなさそうに答える遠山を、土井大炊頭がきびしく糾弾した。

「屈したかといわれれば、そうなりましょう。わたくしも、ようやく得た仕官の機会をなくしたくはございませぬ。それにお膝元《ひざもと》で上様お抱えの戦衆が、次々に殺されては、御上の面目もなくなりましょう。事実、それだけのことをしてのける腕を鬼頭はもっておるのでございまする」

「…………」

「ご老中さま」

黙った土井大炊頭へ、不安そうな目を遠山が向けた。

「使えるな。よかろう」

土井大炊頭が首肯した。

「かたじけのうございまする」

遠山が頭を下げた。

「屋敷などは、のちほど通知しよう。それまでは、我が藩の下屋敷を使え」

「はい」

「お主たちは、上様の矛《ほこ》である。警固ではない。それには書院番組などがあたる」

「矛でございまするか」

「うむ。上様へ迫る危難を除外するのではない。危難をつらぬく矛。それを忘れるな。矛であることをやめたとき、組は解散となり、一同は放逐される」

冷たく土井大炊頭が告げた。

「ふたたび浪々の身になると仰せか」

確認する遠山の声が震えていた。

「そうじゃ。そうなりたくなければ、命をかけよ。任で命を落としたときは、ちゃんと子息へ家を継がせてやろう。飢えて死ぬか、子孫に苦労しか遺してやれぬか、そうなるよりはましであろう」

土井大炊頭が弱みをついた。

「承知つかまつりましてございまする」

表情を消して遠山が平伏した。

渡された支度金で身支度を調えた浪人たちが、土井家下屋敷に集合した。

「土井大炊頭である。一同ご苦労」

大広間の上段で土井大炊頭は浪人たちへ声をかけた。

全員が額を畳に押しつけた。

「はっ」

「事情は遠山から聞いたと思う。上様のご慈悲で、縄地をちょうだいした。念のために申しておく。そなたたちは泰平になれてはいかぬ。いつでも戦に向かえるよう、日頃からの鍛錬を忘れるな。不足と思えば、ただちに組から放逐する。また、そなたたちの禄は縄地ゆえ、末代まで増えることはない。また、大番組など他の役職へ転じていくこともない」

土井大炊頭が告げた。

「要は飼い殺しされていろと」

「誰じゃ」

割り込んだ者を、土井大炊頭がにらみつけた。

「鬼頭玄蕃介でござる。手柄をたてても、出世はない。さらに、戦がなければ出番もない。これを飼い殺しと言わずして、なんと申しましょう」

「出番がないなどと誰が言った」

「えっ。戦があると」

一瞬、間の抜けた顔を鬼頭が見せた。

「もちろんかつてのようなものではないが、戦いはこれからもあり続ける。そなた達は、徳川を護るための矛となるのだ」

「盾ではなく矛でございまするか」

「さようぞ。盾はどれほど丈夫であっても、勝つことはない。ただ、負けぬだけじゃ。しかし、矛は違う。勝つためにある」

「勝つため……」

「世は泰平じゃ。表だっての戦はない。そなたたちが勝たねばならぬ戦は闇のなかである。従って、勝てども手柄はくれてやらぬ」

「やる気の欠けるお話でござるな」

鬼頭が言った。

「生きる米を与え続けてやることが、褒賞だ。不満か」

土井大炊頭が返した。

「いえ。十分でございまする。浪々の身は辛うございますゆえ」

わざと鬼頭がうなずいた。

「ならば、余の命をきけ。そなたたちは矛組と呼ばれることとなる」

最後に土井大炊頭が締めくくった。

四

土井大炊頭がすぐに浪人たちを遣わなかったのは、居場所の心地よさを味わわせ、二度と失いたくないと思い知らせるためであった。

領地ではなく縄地からの収入を配分されるのは、秋九月である。

「俵じゃ」

呼び出されて浅草の米倉へ出向いた矛組の面々が感動した。

幕臣で領地持ち以外は、米の現物を支給される。何百石であろうが、かわりはなかった。

「これだけで三百石……」

目の前に積まれた米俵に、遠山は圧倒された。

御家人に多い禄米給付ならば、年三回に分けて受け取ることになるが、矛組は石たてである。収穫が終わったときに一括して支払われた。

「いかがなされる」

勘定方下役が、一同へ訊いた。

「とは」

遠山が問うた。

「このまま米ですべて持ち帰られるか、食用のぶんだけを取り、残りを売却するかということでござる。持ち帰られるならば、運搬の人足を手配いたさねばなりますまい」

「売るとすれば」

「あそこに商人がおりましょう。あの者たちがやりまする。多少の手間賃はとられまするが、売らぬ米の運搬までやってくれますぞ」

「それが面倒なくてよろしいな」

矛組は全員そうやって、米の一部を金とした。

「金じゃ、金」

小判を手にした矛組は、ただちに遊郭へと足を向けた。

矛組が生活を謳歌《おうか》し出して一カ月、十一月の三日、土井大炊頭は一同を呼び出した。

「なんでございましょう」

出頭した全員を代表して遠山が質問した。

「人数が足りぬようだが」

土井大炊頭が咎めた。

「申しわけございませぬ」

遠山が頭をさげた。

「鬼頭が、三日前から吉原へ流連《いつづけ》いたしており、まだ帰っておりませぬ」

矛組は、十日前に土井家下屋敷を出て、引っ越しをしていた。

取り潰された一万石の大名、その下屋敷を矛組は与えられていた。

「武士の泊まりは厳禁のはずじゃ。このようなことでいざ鎌倉となったとき、どういたすつもりか」

怒りをあらわに土井大炊頭が、叱りつけた。

「誰か」

土井大炊頭が家臣を呼んだ。

「吉原まで参り、鬼頭玄蕃介を連れて来よ。拒んだならば、鬼頭は組からはずす。手向かうようならば構わぬ。人を出して討ちとれ。弓矢いや、鉄炮の使用も許す」

「はっ」

家臣が平伏した。

「来たならば、別室で控えさせておけ」

「承知つかまつりましてございまする」

　命じられて家臣が駆けていった。

「…………」

　果断な土井大炊頭の行動に、矛組一同静まりかえった。

「鉄炮の使用は……」

　おずおずと遠山が口を出した。

　江戸市中での発炮はきびしく制限され、破れば改易を含めた重罰が科せられた。

「大目付に一言申せばすむことだ。謀反人討伐との名目を立てれば、誰も文句は言わぬ」

　幕府の決まりでさえ、どうにでもできると土井大炊頭がうそぶいた。

「要らぬことを申しました」

　土井大炊頭の応えに、顔色をさらになくして遠山が引いた。

「では、呼び出した用件に入る」

　鬼頭のことを終えて、土井大炊頭が本題に入った。

「そなたたちに上様より、お役目が下った」

「上様より」

一同がざわめいた。

「お目通りでございましょうか」

遠山が訊いた。

矛組にはお目見え以上の目安とされる石高を得ている者が何人もいた。また、それ以下であっても、上様直々《じきじき》のお声掛かりということで、旗本あつかいされると一同は思っていた。

「なにを言うか。なんの手柄もなしに、上様へ目通りを願うなど、分をわきまえぬ振る舞いぞ」

「はっ」

土井大炊頭が正しい。あわてて一同が平伏した。

「では、御用とはなんでございましょう」

ふたたび遠山が代表して質問した。

「そなたたちにお目通りを許すための手柄をたてさせてくれる」

「手柄……戦でございまするか」

すっと遠山以下全員の雰囲気が変わった。

「戦よ。松代藩真田家の嫡男内記信政の首を討て」

「な、なんと仰せられた」

遠山が驚愕した。

「真田が謀反をたくらんでおると、草から報告があった」

「草……藩に忍ばされた幕府の隠密」

聞いた遠山の目つきが変わった。

「そなたは知っておったか。そうか、福島家は草によって、潰されたのだったの」

土井大炊頭が述べた。

関ヶ原で豊臣ではなく徳川についたことで、福島正則は尾張清洲二十四万石から安芸《あき》広島四十九万八千二百石へと加増された。

福島正則の不幸は、関ヶ原で勇名を轟《とどろ》かしたことだった。家康が生きている間はよかった。しかし、家康が死ぬと二代将軍秀忠が、天下人となる。関ヶ原で名をなした大名たちは、秀忠にとって汚点を思いださせるだけでしかない。なにかあれば潰してやろうと考えていたところへ、広島城修復の願いであった。台風によって崩れた石垣と櫓《やぐら》を修理したいと福島家が出した願いを幕閣は数カ月放置した。崩れかけた石垣を放置すれば、そこから被害は拡がる。また、屋根に穴の開いた櫓をそのままにしておいては、雨漏りでなかの武具がだめになってしまう。

福島正則は、石垣の修復と雨漏りへの対応を辛抱しきれずにやってしまった。それを広島に入り込んでいた草が報告し、福島家は川中島四万五千石へ左遷されてしまった。

「遠山。そなたは今幕臣である。過去を思うならば、退身いたせ」

歯がみしている遠山へ、冷たい目を土井大炊頭が向けた。

「……心つかぬまねをいたしました」

遠山が詫びた。

「真田家はどのようにして謀反を」

「それを知る必要はない。そなたたちは、命じられたことをすればいい。さすれば、末代まで禄を受け継いでいくことができる」

はっきりと土井大炊頭は、矛組を走狗《そうく》だと言ってのけた。

「真田家中屋敷にこもっておる内記信政は、五日に一度、後見となっている甥熊之助の沼田藩の政を見るため、上屋敷へと向かう。その行き帰り、どちらでもよい。襲い、その首を取れ」

「果たしたあと我らはどういたせば」

江戸市中で騒動を起こすのだ。奉行所が出てくることもある。

「組屋敷へもどっておれ。幕臣の屋敷に、町奉行所は手出しできぬ」

土井大炊頭が答えた。

「拒むならば、得た禄を返却せよ。金だけではない。喰った米まで返してもらう」

冷たく土井大炊頭が告げた。

「念のために申しておくが」

土井大炊頭が言葉を切った。

「上様直々の矛組を離れた者には、幕府から奉公構いの回状が諸大名、旗本あてへ出ると覚悟せよ。二度と禄を得ることはかなわぬ」

奉公構いとは、不始末を起こした家臣などを放逐するときに出すものである。雇い止めともいわれ、奉公構いを出された者を仕官させるとなれば、回状を出した者と喧嘩することになった。有名なものとして戦国の豪傑後藤又兵衛に対して黒田長政が出した奉公構いがある。後藤又兵衛を抱えようとした大名は、黒田長政の一戦も辞さずの態度に手を引き、行き場所を失った後藤又兵衛は滅びるとわかっていた大坂城へ入るしかなかった。

「…………」

幕府から奉公構えを出されては、侍として終わる。一同は沈黙するしかなかった。

「わかったならば、行け」

「承知つかまつった」

遠山が受けた。

矛組一同を帰して、土井大炊頭は別室で待たせていた鬼頭玄蕃介を呼び出した。

「ご無礼をいたしました」

申しわけなさそうな表情もなしに、鬼頭が頭をさげた。

「吉原に泊まるなどして、万一、御用に間に合わなければどうするつもりであったか」

「長屋に小者を一人残しており申した。なにかあれば、ただちに報せが参りまする」

鬼頭が答えた。

「小者を走らせるだけ、出遅れるとは思わなかったのか」

「少し遅れたほうが、よろしゅうございまする」

下卑た笑いを鬼頭が浮かべた。

「味方殺しと言われるだけのことはあるか。よかろう。それだけの自信見せてもらうぞ」

土井大炊頭が用件を語った。

「真田内記でございまするか」

あまり乗り気でない声で鬼頭が繰り返した。

「藩主ですらない者を襲うなど、拙者が出ずとも」

「役目を拒めば放逐ぞ」

「尻についていくだけでよろしいと仰せか」

鬼頭が笑った。

「ううむ。見届けが要るか。出ただけで、なにもせぬ者は不要じゃな」

「手柄をたてても禄が増えぬからでござる。やる気が出ませぬな」

堂々と鬼頭が述べた。

「褒美があればやってみせると」

土井大炊頭が確認した。

「武士とはそういうものでござろう。禄を得るために命をかけて奉公をする」

「気に入った」

手で膝を打って、土井大炊頭が鬼頭を褒めた。

「では、そなただけに褒賞を用意してやろう。そなたが、真田内記を討ち果たしたとき、矛組にできた欠員分の石高をくれてやる」

「ご執政さま……それは、生き残りが拙者だけであった場合、三千石をたまわると考えてよろしいのか」

「真田内記が死んでなければ、なにもくれてやらぬ」

土井大炊頭が言った。

「承知いたした。お任せあれ」

鬼頭が喜び勇んで、引き受けた。


大名の移動は馬から駕籠《かご》へと変わっていった。天下の城下町として拡がり続けた江戸は、多くの人を呼び、町中で馬を走らせることが難しくなってきたからであった。事故は、幕府へ咎めを与える理由となる。大名たちは、ことなかれを至上とし、馬の数倍ときをかけて、駕籠で動いた。

真田内記信政は、夜明けとともに中屋敷を出た。狙われているとわかっているが、後見を務めている沼田を放置するわけにはいかなかった。

「ご出立」

槍を先頭に立てて、信政の行列は中屋敷を出た。

松代藩藩主である信之の行列ともなると、供も多く槍も二本となるが、嫡男でしかない信政の規模ははるかに小さかった。

道中を襲われてから、人数を増やしたが、それでも幕府の規定があり、限界がある。

信政の駕籠を守るように六名を配し、前後に四名ずつつけるのが精一杯であった。

「仁旗、いけそうか」

駕籠後ろに女中姿で加わった霞が小声で問うた。

「皆、遣い手ばかりだ。先日ていどのことなら十分であろう」

伊織は答えた。

「違う。どれだけの敵が来ても、そなたのもとへ斬馬刀が届くまで保《も》つかと問うておる」

霞が質問の意図を伝えた。

斬馬刀を、それも鞘がなく臨時に板でおさえているような危険なものを駕籠脇で持ち歩くことはできなかった。弥介に抱えられた斬馬刀は、行列の最後尾であった。

「いきなり分断されぬかぎり、大丈夫だ」

弥介との間に敵が入りこめば、斬馬刀の受け渡しは困難となる。

「それならば、我らがさせぬ」

信政の駕籠後ろに従う女中は、神祇衆から選ばれた遣い手であった。

「静かにせんか」

駕籠脇についた近習たちを束ねる組頭が、伊織を叱った。行列のなかで伊織と神祇衆はよそ者であった。本来、伊織も神祇衆も嫡子ではなく、藩主に属している。信政を守るためとはいえ、信政に仕えている者たちからすれば、二人は邪魔であった。いや、排除したい相手であった。二人が加えられたのは、近習だけでは信政を守りきれぬと、信之が判断した証明なのだ。

「これは、失礼を」

伊織も承知していた。ていねいに伊織は詫びた。

「まったく、斬馬衆など、本陣の前に立っているだけの柱ではないか。それを御駕籠脇に従わせるなど……」

近習組頭が、吐きすてた。

「…………」

無言で伊織は誹謗《ひぼう》を聞き流すしかなかった。

斬馬衆は、馬廻り上席の格式を与えられているが、重職に準ずる近習組頭とでは、相手にならなかった。

「ふん。邪魔なのはどちらかの」

霞が鼻先で笑った。

「なにっ」

振り向いた近習組頭だったが、それ以上は言えなかった。神祇衆は信之の耳目でもある。うかつなことを口にすることはできなかった。

同じ家中でありながら、不調を内包して信政の行列は進んだ。

「あれか」

物見として出た遠山が、行列を確認した。

「槍持ちの中間《ちゅうげん》が一人と侍が十四人。足軽が五人、女中が四人、挟み箱持ちの中間が二人。総勢二十六人。思ったより多いな」

「警戒しているのでござろう」

矛組でもっとも若い篠田喜市が述べた。

「女中四人と中間の四人は、数に入れずともよいな。となれば、十八人か」

「余裕でござろう。供侍どもは、それぞれ遣い手でそろえておりましょうが、あの若さでは、人を殺したことなどありますまい」

篠田が言った。

「うむ。初陣《ういじん》では、身体が硬くなるものだ。帰りを狙おう」

「それがよろしかろう」

二人は、仲間の待つ屋敷へと戻った。

五

藩の政は収穫を終えた秋がもっとも忙しかった。

「総石高の収支はどうなっておる」

米のできは毎年かわる。もっとも豊作であればよいというものでもなかった。米が穫《と》れすぎると、相場が下がり、思ったほどの収入にならないのだ。

「昨年並みとのことでございまする」

「大坂の相場を見て、売りに出せ」

「加増せねばならぬ者は、熊之助どのが、小姓たちだけじゃな」

細かいことまで信政は手を入れた。そうしなければ、藩主を子供と侮った家臣が、悪行をやりかねなかった。

思ったよりもときがかかり、信政が上屋敷を出たのは、すでに暮れ六つ（午後六時ごろ）近くとなっていた。行列は、朝よりも足早に進んだ。

秋の日差しは暮れ始めればあっという間である。中屋敷まで半分も来ないうちに、周囲は一気に暗くなった。

「止まれい」

行列の差配も兼ねる近習組頭が、手をあげた。

「提灯《ちょうちん》をつけよ」

「はっ」

中間が背負っている挟み箱を降ろし、提灯をいくつか取り出した。

「灯《ひ》を入れよ」

近習組頭が命じた。

「ちょうどいい。行列が止まった」

潜んでいた遠山が、太刀を抜いた。

「挟み撃ちにする。篠田、六名率いて後ろから襲え。同じく六名が前から、残りは儂とともに行列の横へ突っ込む」

遠山が差配した。

「来る」

霞が叫んだ。

同時に伊織も殺気を感じた。

「弥介」

伊織は斬馬刀を求めた。

「うおおおお」

雄叫《おたけ》びをあげて、矛組が襲いかかってきた。

「な、なんだ」

近習組頭が一瞬とまどった。

「敵襲ぞ。皆、御駕籠を守れ」

二度目であったことが幸いした。近習組頭はすぐに立ちなおった。

「ひっ」

槍持ちの中間が逃げ出した。

「わあああ」

大口をあけて、矛組が突っ込んだ。

「ぎゃああ」

戦いを経験したことのない近習が、咄嗟《とっさ》に対応できず斬られた。

「抜けぬ。刀が抜けぬ」

あわてた近習は鯉口を切ることさえ忘れていた。そこへ、矛組が斬りつけた。

「待て、待ってあああ」

柄を握りしめたまま、近習が死んだ。

「二人は残って、若殿を。わたくしは後方へ、水面《みなも》、前からの敵を支えよ」

命じてから霞が走った。

「おおおおお」

戦場の経験がある者は、決して足を止めなかった。駆けまわりつつ、手当たり次第に斬りつけた。

「ひっ」

「痛いっ」

少しの傷でも、戦を知らない連中は気力を失う。

「なにごとぞ」

駕籠のなかから信政が顔を出した。

「若殿、曲者《くせもの》にございまする。どうぞ、なかでお控え下さいますように」

近習組頭が信政を押し込むようにして扉を閉めた。

「ぎゃああ」

また近習が倒れた。

「なにをしておるのだ」

数を減らしている近習たちへ、組頭が怒った。

「わあああ」

両手で摑んだ太刀を振り下ろしながら、矛組士が駕籠へと向かってきた。

「させぬわ」

前へ出ながら腰を落とした伊織は、居合抜きに矛組士の胴を薙《な》いだ。

「ぐえっ」

腹から腸《はらわた》をはみ出させて、矛組士が死んだ。

「もらったあ」

駕籠脇から突出した形になった伊織へ二人の矛組士がかかってきた。

「深い」

二人の踏み込みが、思ったよりも鋭いことに伊織は息をのんだ。

「くたばれえ」

「おうやあ」

合わせたように二人の太刀が、伊織の首を襲った。

「…………」

伊織は己から前へ転ぶことで、これを避けた。

「逃がすか」

外された太刀をすばやく切り返し、一人の矛組士が伊織の背中を追撃した。

「なんの」

十分間合いは読んでいた。右足を軸にして回った伊織は、二寸（約六センチメートル）先を流れる切っ先を見送って、片手薙ぎに太刀を送った。

片手薙ぎは肩を入れるだけ切っ先が伸びる。

届かなかった矛組士とは違い、伊織の切っ先はしっかり二寸分食い込んだ。

「ぎゃっ」

胸を横に斬られて、矛組士が転がった。

「えいやああ」

仲間の死を気にせず、もう一人が太刀で突いてきた。

「ふん」

手首を返して太刀の柄で、伊織は突きを受けた。

「なにっ」

驚いて固まった矛組士の顔を、空いていた左手で伊織は殴りつけた。

「げふっ」

鼻の骨をくだかれて、矛組士が意識を失った。

「情けないことよ」

後方へ走りながら、霞は右往左往する近習たちの姿に嘆いた。

「このありさまで、真田では高禄の四百石から五百石か」

霞が、近習と切り結んでいる矛組士へ手裏剣を放った。

「あくっ」

肩口に刺さった手裏剣へ、矛組士が気を取られた。大きな隙が生まれた。

「わあぁ」

襲いかかるべき近習は、敵がひるむのを見ると、背を向けて逃げ出した。

「おろかな……」

つぶやきながら、霞は傷付けた矛組士の懐へ跳び込み、懐刀で胸を突き刺した。

「ここで生きのびても、卑怯な振る舞いは許されぬ。一族によってたかって腹切らされるだけだというに」

懐刀を抜きながら、霞は逃げていく近習へ冷めた一瞥《いちべつ》をくれた。

「…………」

戦と同じであった。一人が逃げだせば、またたくまに臆病は伝染した。

「屋敷へ援軍を求めに行く」

理由を口にして、近習たちが戦場を離れ始めた。

「馬鹿ものども。戻れ、戻らぬか」

近習組頭の叫びも無駄であった。

「その首もらったああ」

近習組頭目がけて矛組士が斬りかかった。

「まずいな」

駕籠脇を離れた伊織は、信政周辺の守りが崩壊したことを知った。

「やむをえぬ」

流れた刃などで信政を危険にさらしてはならない。効率からいけばできるだけ駕籠を離れたところで迎撃すべきであったが、直衛がなくなれば、伊織の行動は無意味となる。

「えいっ」

近づいてきた矛組士を太刀の一振りで牽制して、伊織は駕籠脇へと戻った。

「くううう」

近習組頭と鍔迫り合いを演じている矛組士の背中を、伊織が割った。

「か、かたじけない」

圧力から解放された近習組頭が、礼を言った。

「若殿を」

すでに陸尺《ろくしゃく》も逃げている。信政の駕籠は、敵中に放置された状況となっていた。

「近づけぬ」

斬馬刀を抱えたまま、弥介は争いのなかへ踏み込めずにいた。斬馬刀は両手で持たなければ支えきれない。両手をふさがれた状態で、白刃のあいだを潜り抜けるのは、無謀でしかなかった。

「斬馬刀を置いて、加勢すべきか。それでは、若が存分に戦えぬ」

介添え役の弥介は、剣の扱いを一通り学んでいた。

弥介は逡巡《しゅんじゅん》した。

争いの経緯をもう一人見守っている者がいた。鬼頭玄蕃介が、一つ離れた辻角から状況を観察していた。

「弱いの、真田は。このままでは、欠員が少なくなるではないか」

あきれたように、鬼頭がつぶやいた。

「そろそろ行かねば、手柄を奪われてしまう。どれ」

手にしていた槍を、鬼頭がしごいた。

「駕籠を襲うには槍がいい。太刀しか用意しておらぬとは同僚ながら、ものごとを知らぬにもほどがある」

鬼頭が駆け出した。

「おのれっ」

横から駕籠を襲った遠山だったが、一人伊織のために配下すべてを失ってしまった。

「おおおおお」

太刀の切っ先を真上に向け、柄を左肩へ付けて、遠山が伊織へ走った。駆けた勢いを載せたまま、太刀を振りおとす。鎧《よろい》ごと武者をたたき割るまさに戦場剣法であった。

「くっ」

一人の矛組士を屠《ほふ》ったばかりの伊織は対応に遅れた。

「えいっ」

甲高《かんだか》い声がして、駕籠脇に残っていた神祇衆が間に割り込んだ。

地を這《は》うように膝と腰を曲げた神祇衆は、手にしていた懐刀で遠山の腿《もも》を斬った。

「あつっ」

痛みに遠山の足が乱れた。

「ええええい」

伊織は手にしていた太刀を遠山へと突き出した。

「かはっ」

胸に刺さった太刀を見下ろして、遠山が絶息した。

「こいつら、戦慣れしている。そうか、戦場往来の者か。壮年ばかりのわけは、それか」

後方で戦っていた霞がつぶやいた。

「あれは……」

その霞の目の隅に鬼頭の姿が映った。

「いかぬ」

しかし、霞は動けなかった。ほとんど近習が逃げ出したことで、霞は二人の矛組士の相手をしていた。いかに神祇衆でも、この状況で新たな敵へ対応することはできなかった。

「仁旗、槍ぞ」

霞が大声で叫んだ。

遠山を倒したことで横からの攻撃は防ぎきったが、前後から駕籠への侵攻は続いていた。

「このままでは、持たぬ」

近習組頭の言うとおりであった。

倒された者、逃げた者をあわせて十名以上が、戦いから離れていた。

「槍だと」

そこへ霞の声が届いた。

「まずい」

伊織は顔色を変えた。

槍の間合いは、剣の倍以上ある。こちらの手が届かないところから、槍は駕籠のなかの信政を襲えた。

「あれか」

走ってくる鬼頭を伊織は確認した。

「神祇衆頼む」

槍の間合いに駕籠をいれるわけにはいかなかった。伊織は駕籠脇を離れた。

「邪魔するな」

槍を小脇に抱えて鬼頭が、伊織と対峙した。

「行かせられるか」

伊織は太刀を青眼に構えた。

居合いと槍とは、相性が悪かった。まっすぐに突きだされる槍の疾さは、居合いに匹敵する。なにより居合いは放つまでに、足場を固め、膝をたわめなければならない。刹那《せつな》の差であったが、命の遣り取りでは、大きかった。

「しゃしゃしゃ」

刀のはるか遠い間合いから、鬼頭が穂先を繰り出してきた。

「なんの」

太刀で受けず、伊織はかわした。

「やるな。では、これはどうだ」

鬼頭は槍を手元へ引き戻すと、大きく水平に振った。鋭い穂先が円を描いた。槍の長さ、それだけの場所が制圧された。

「ちっ……」

大きく伊織は後ろへ跳ぶしかなかった。

「よいのか、下がって。若殿さまに近づくぞ」

すっと間合いを詰めた鬼頭が笑った。

「くっ」

伊織は唇を噛んだ。

「もう一度だ」

踏み込みながら、鬼頭が槍を振った。

「…………」

一度で伊織は槍の穂先がどこをとおるかを見切った。伊織は、半歩下がると穂先をやり過ごし、間髪を容れず前へ出た。

「おっと」

鬼頭が槍を抱え込んでたぐり寄せた。穂先が、伊織に向けられた。一気に間合いを詰めて斬りかかろうとした伊織だったが、足を止めざるを得なくなった。

「なかなかやる。若いのにな。乱世ならいい手柄をたてられただろうよ」

つま先で地面を探りながら、鬼頭が言った。

「黙れ」

怒鳴りながら、伊織は胴ががら空きとなるのも構わず、太刀を上段へとあげた。

「だが、剣は槍に勝てぬ。絶対にな」

槍が繰りだされた。

「おうよ」

伊織はこれを待っていた。

手元へ繰り込んだ槍を水平に薙ぐことはできなかった。一度前へ突きださないと、己の身体が邪魔をして、回せないのだ。

過たず胸を狙った槍を、伊織は身体を開いて流した。鬼頭ほどの腕ならば、かならず急所を狙ってくるだろうとの読みが当たった。

胸を擦《こす》るようにはずれた槍目がけて、伊織は太刀を落とした。

「しまった」

あわてて鬼頭が槍を戻そうとしたが、渾身《こんしん》の力をこめた上段の太刀に勝てるはずもなかった。

「えええい」

重い気合いとともに太刀は、槍の穂先から一尺（約三十センチメートル）ほどのところを両断した。

「ちっ」

鬼頭は歴戦の武士であった。得物を失っても動揺しなかった。

「くらえ」

穂先がなくなった槍を捨てると、太刀を抜いて、伊織へ斬りかかった。

「なんのおお」

地面ぎりぎりまで落ちた切っ先を、伊織は引きあげた。

二つの太刀がぶつかって、火花を散らした。

「おうりゃあ」

ぶつかった反動を利用して、太刀を離した鬼頭が、止まらずに撃ってきた。

「なんの」

太刀打ちとなれば、伊織に分があった。斬馬刀に慣れた身体は、太刀を軽々とあつかえる。

「りゃああ」

かわしながら振った太刀が、鬼頭を袈裟懸《けさが》けに斬った。

「なにっ」

伊織の太刀が折れて飛んだ。

「ふふふっふ」

鬼頭が笑い声をあげた。

「戦の準備を怠ってはいかぬであろう」

「鎖帷子《くさりかたびら》か」

裂けた着物の奥に、鈍色《にびいろ》の防具を伊織は認めた。

「勝負あったな」

口の端を曲げながら、鬼頭が太刀を振りあげた。

「まだよ」

折れた太刀を鬼頭へ投げつけながら、伊織は駕籠脇へと戻った。

「馬鹿め、どうすることもできまいに」

鬼頭が後を追った。

「若」

斬馬刀を持ったまま動けなかった弥介は、伊織の戦いを傍観するしかできなかった。

弥介は、伊織の太刀が折れる瞬間を見た。

「行けっ」

二人の矛組と戦いながら、霞が弥介へ命じた。

「しかし……」

もう一人の矛組が、弥介を威嚇《いかく》していた。遠山から後方組六名を任された篠田であった。

「なんとかしてやる。斬馬刀を仁旗へ渡せ」

頭上を狙った太刀を、懐刀で弾きながら霞が言った。

「渡せなければ、終わるぞ」

「…………」

うなずいて弥介は走った。

「行かせぬ」

篠田が、弥介へと剣を伸ばした。

「させるか」

大きく踏み込んで、霞は斬りつけた。

「こしゃくな」

一撃をかわしたことで、篠田は弥介の後を追えなくなった。

「死ね」

体勢を崩した霞へ、二人の矛組士が、躍りかかった。

「これで」

鬼頭を引き離した伊織は、倒れている近習の手から太刀を奪った。

「なんどやっても同じじゃ。吾が全身は鎖で包まれておる」

ゆっくりと鬼頭が近づいてきた。

「首から上は空いているぞ」

言い返しながら、伊織は首と頭を狙うことが困難だと知っていた。

「やってみろ」

鬼頭が太刀を振りあげた。

「殺すには惜しいが」

上段から鬼頭が必殺の一撃を送った。

「…………」

鍔元で伊織は受けた。

「おっと」

鬼頭が後ろへ跳んだ。

「鍔迫り合いに持ちこまれてはかなわぬでな」

「……くっ」

手を読まれた伊織は、鬼頭を追い切れなかった。

鍔迫り合いは互いの太刀をぶつけ合い、鍔と鍔で押し合うほど近くで対峙する。間合いなしで太刀を挟む形になるだけに、刃は首筋近くとなり、少しでも力で勝れば、切っ先が相手の身体に食い込んだ。

「そろそろ片づけさせてもらおう。おい、後ろ、駕籠へ取りつかれたぞ」

「えっ」

焦っていた伊織の気が、刹那それた。

「しゃああ」

鬼頭が伊織へと突進した。

「しまった」

かろうじて刃先をかわした伊織は、体勢を崩して倒れた。

「おまえの相手をしても、一文の得にもならぬわ」

伊織を放置して、鬼頭が駕籠へと向かった。

「若」

そこへ弥介が駆け込んできた。

「おう」

「柄を」

弥介が差し出した斬馬刀の柄を伊織は摑んだ。

「鞘取り申す」

「このままでいい」

伊織は板をつけたまま斬馬刀を担いだ。

「真田内記どの、お首ちょうだいつかまつる」

太刀を脇へ引きつけ、鬼頭が駕籠を突き刺そうとした。

「させぬ」

神祇衆が吾が身を盾にと飛び込んだ。

「くう」

鬼頭の切っ先が神祇衆の胸を貫いた。

「ちっ、それたか」

骨に当たって太刀の先がずれた。鬼頭は刺さったままの神祇衆を足蹴《あしげ》にして外すと、もう一度突き技へ入ろうとした。

「させるか」

伊織が追いついた。

「うるさいやつめ。無駄だと申したはずだ。全身鎖だと……ぎゃっ」

最後まで鬼頭は言えなかった。

「誰が斬ると言った」

伊織は斬馬刀で斬るのではなく、横から鬼頭を殴りつけた。

「な、なんだ、それは」

吹き飛ばされた鬼頭が絶句した。

「斬馬刀よ。これならば、鎖帷子を着ていようとも関係ない」

伊織は斬馬刀を振りかぶった。

「本陣最後の守り、斬馬衆仁旗伊織、参る」

「よ、よせ」

鬼頭が腰を落としたまま、切っ先を伊織へ向けた。

斬馬刀と太刀では、間合いが違いすぎる。低いほうが有利とされる剣の理も無意味であった。

「……りゃああ」

剣の後を声が追う、独特の気合いを発して、伊織は斬馬刀を落とした。

「殺すな」

制止が伊織の耳に入った。空中で手首をひねった伊織は、刃の横っ腹で鬼頭の首筋を撃った。

「わああ」

防御に差しあげた太刀ごと、肩の骨を折られた鬼頭が気絶した。

「殺したのか」

近習組頭が訊いた。

否定は霞の口から出た。

「いや、死んではおらぬ」

「……霞どの、その傷は……」

顔を向けた伊織は息をのんだ。

霞の左手が真っ赤に染まっていた。

「命と引き替えだ。安いと思う」

「わたくしを助けるために……」

弥介が原因に気づいた。

「たわけ。おぬしを助けるためではない。若殿をお守りするためだ。無礼なことを言うな」

神祇衆の誇りだと霞が強く言った。

「終わったようだな」

横と後ろ、三方のうち二つが壊滅したのだ。神祇衆との戦いで損耗した前からの矛組だけでは、信政へ近づくこともできなくなっていた。

生き残った矛組三名が、逃げ出していった。

「血止めを」

斬馬刀を弥介に渡した伊織が霞の身体を支えた。

終　章

　真田内記信政は、中屋敷ではなく上屋敷へ入った。駕籠をかく陸尺が戻って来なかったため、信政は徒歩《かち》で上屋敷まで行った。

「……焦りすぎだな、大炊頭どのは」

　疲れ果てて顔色のなくなった信政をやすませて、信之が首を振った。

「大炊頭さまは、昨年中気を発せられたと聞きまする」

　木村縫殿之助が、述べた。

「うむ。屋敷で倒れられたらしい。幸い軽くすんだようだ。もっとも真田にとっては不幸なことだが」

　信之が苦笑した。

「だが、人というのは、一度身体をこわすと、思い残すことがないようにしたくなるようだな。大炊頭どのも同じ。昨今の手出し以上に出るだろう」

「こちらとしては、たまったものではございませぬが」

苦い口調で木村縫殿之助が嘆息した。

「そろそろ退いていただかねばなるまい」

うなずいて信之が告げた。

「新無斉、霞の容体はどうだ」

控えていた飯篠新無斉へ信之が問うた。

「お心をおかけいただき、かたじけのうございまする。命に別状はございませぬが、左腕の筋をやられましてございまする。申しわけなき仕儀ながら、霞はもう神祇衆としてのお役にはたてぬかと」

飯篠新無斉が淡々と話した。

「……そうか。だいじにいたせ」

見舞いを信之は口にするしかなかった。

「ありがたきお言葉」

「しかし、よくぞ殺さずに一人捕まえてくれたぞ。これで、一手打つことができる」

信之が褒めた。

「大炊頭さまへ、苦情を申したてるのでございまするな」

「いいや」

木村縫殿之助へ信之は首を振った。

「大炊頭どのを相手にせぬ。あの捕らえた者は、松平伊豆守どのへ、引き渡す。あとで使者をしたてよ」

「松平伊豆守さまへ」

聞いた木村縫殿之助が、驚いた。

「新無斉、あの者は大炊頭どのが手ではないそうだの」

「はい。責め問いにかけるまでもなく、語ってくれました。あの者たちは、三代将軍家光さまが手の者」

「上様の……」

木村縫殿之助が絶句した。

「それでは、幕府が完全に真田の敵と……」

「いいや」

ゆっくりと信之が首を振った。

「矛組と名のっておるそうだが、あの者どもは、大炊頭が集めたという。幕臣として禄を与えられているとはいえ、まだお目通りもすませておらぬ」

「あの者に言わせると、上様のために戦う、戦国武者だと」

飯篠新無斉が鼻先で笑った。

「戦国などとうに終わった。いや、終わったから幕府ができた。その幕府の頂点たる将軍が、戦国武者を求める。矛盾もはなはだしい。大炊頭は、わかっていながらやりおった」

信之は怒っていた。信之は土井大炊頭につけていた敬称を止めた。

「なんのために父昌幸と弟幸村は、命を捨てたのだ。真田の血を父祖の信濃へ残す。もちろんそれもある。だが、真の目的は乱世を終わらせるためだった。だからこそ、父は家康さまと手を合わせ、関ヶ原という大ばくちを打った。その想いを家康さまの血を引く将軍が、なぜ受け継いでおらぬのだ」

「殿、お身体にさわりまする」

激昂《げっこう》する信之を、木村縫殿之助がなだめた。

「……年甲斐《としがい》もないまねをした。許せ」

大きく息を吸って落ちついた信之が詫びた。

「戦を知らぬ将軍が、箔を付けたがるのもわかる。だが、巻きこまれるほうは、たまったものではない。父と弟の犠牲を、信吉の死を無駄にはできぬ」

「河内守さまのことは……」

飯篠新無斉も言葉を失った。

「酒井雅楽頭忠世が、発端とはいえ、無慈悲なことをしてしまった」

信之が目を閉じた。

真田信之の嫡男河内守信吉は、家康の養女となった小松姫の嫁入り前、信之が側室に産ませた長男であった。

武将としての才もあった信吉は、秀忠の老中であった酒井雅楽頭の娘を正室に迎え、真田十万石のうち三万石を与えられて別家していた。

「別家さえも、幕府老中どもの策略であった。真田をどうにかして潰したかった幕府は、信吉を一人の大名とはせず、藩内藩とした。しかも、あつかいは外様ぞ。余が家康さまの娘婿として譜代であるにもかかわらず、子が外様。譜代のなかに外様がある。どう考えても和が保てるはずはない」

もとは同じ真田の家中であっても、分かれてときが経てば、いずれ他人となる。まして、分家でもなく、本家から下に見られる藩内藩なのだ。信政の家臣たちが、信吉の家来たちをさげすみ、信吉の家臣たちが、信政の家来たちを憎むようになるのは、至極当然のなりゆきである。

「信吉の嫁に酒井雅楽頭の娘が配されたのも、そこにある。余の正室が本多家の出ならば、信吉の妻も酒井家の姫。本多も酒井も譜代名門中の名門、同格なれば、信吉の沼田藩も譜代として独立すべき。そう家臣たちが思うようにしむけた。だが、本藩として、そのようなことを認めるわけにはいかぬ。家を分けるのは力を削ることだからな」

大きく信之が嘆息した。

「事実、沼田ではそのような動きがございました」

「幕府の手で躍らされていることに気づかぬ情けなき者どもに、信吉も取りこまれかけた。信吉もおろかな男ではなかったのだが、幕府老中酒井雅楽頭の後押しを信じてしまった」

土井大炊頭と並ぶ酒井雅楽頭が、後ろ盾となれば、沼田藩を独立させて、譜代とすることは難しくない。

「分家さえさせてしまえば、幕府の思惑で信吉はどこへでもやれる。それこそ、五万石ほどに加増して、信州から遠いところへ移すこともな。そして、沼田を天領としてしまえば、我が真田に楔《くさび》を打ち込んだも同然。天領からちょっかいを出されても、我らは耐えねばならぬ。それだけならまだいい。隣接する天領から真田に謀反の気配ありと訴えられたらば、潔白であっても、松代から動かざるを得ぬ。累代の土地にあるからこそ、その気になる。民の支持がないところへ行けば、謀反を起こすだけの余裕もなくなろう。疑いを晴らすには、そうすべきだと幕府から命じられれば、断れぬ」

信之が息を継いだ。

「まさに沼田が罠にはまろうとしたとき、酒井雅楽頭が倒れた」

寛永九年（一六三二）七月、酒井雅楽頭は中風を起こした。

「さすがに、体調が悪くてはどうしようもない。沼田の独立も消えたかと安心した」

「ですが、酒井雅楽頭は復帰してまいりました」

木村縫殿之助が引き受けた。

「回復した老中酒井雅楽頭が信吉をそそのかした。しかたなく余は、信吉へすべてを明かした。父昌幸の想いを。真田にふりかかった存亡の危機を。信吉は、泣いてくれたわ」

寛永十一年（一六三四）一月、幕府は信吉へ国入りを勧めた。武家諸法度によって、大名の嫡子は江戸を出てはならないとされているにもかかわらず、幕府は信吉へ国入りを命じた。

「沼田への国入り。大名の嫡男には絶対許されぬ。それを認めたのは、沼田を独立した家とし、信吉を藩主として、参勤交代させるとの意味。猶予はなくなった。信吉は、沼田へ生きて入っては、家臣たちがどう動くかわからぬと、江戸で腹切ってくれた」

涙を拭《ぬぐ》うことなく、信之が言った。

「幕府の検死を受けぬよう、信吉の遺体を荼毘《だび》に付し、沼田へ送ったとき、余は己の無力をこれほど嘆いたことはなかった。なのに、酒井雅楽頭はその半年後、江戸城西の丸を失火で焼失させ、失脚してしまった。早まったとどれだけ悔やんだか」

信之の声は、震えていた。

「なればこそ、余は誓う。父昌幸、弟幸村、我が子信吉の命であがなった松代を、なにがあっても守ってみせると」

「はい」

「はっ」

飯篠新無斉と木村縫殿之助も首肯した。

「戦場で人の生き死にを見てきた余でさえ、これだけ辛いのだ。信政が知ったとき耐えられるかどうか」

「いつお話しになられまするか」

木村縫殿之助が問うた。

「真田の血を引く者として、知らずにすむことではない。ましてや、信政は分家ではなく、この松代を継がねばならぬ」

「では……」

「余が隠居するとき、家督とともに秘も譲る」

はっきりと信之が宣した。

真田信之から鬼頭玄蕃介を受けとった松平伊豆守は、阿部豊後守を呼び出した。

「ずいぶんな土産であるな」

阿部豊後守が苦笑した。

「しかし、ありがたいことはたしかだ。さすがにこうまでされては、上様もお許しにはなるまい」

「だの。やれ、真田に借りができたか」

「借りは返せばいい。そのあとで真田をどうするかは、上様のお心次第じゃ」

松平伊豆守が述べた。

「であるな。しばし、真田のことは忘れよう。まず、大炊頭じゃ」

首肯した阿部豊後守と共に、松平伊豆守は家光へ拝謁。いっさいを告げた。

「ふざけたまねを。大炊頭を謹慎させせよ」

怒りで震えた家光は、ただちに土井大炊頭を罷免するとわめいた。

「老中首座、しかも神君さまのお血筋を、いきなり罷免なさるは、幕政に波風を起こし、上様のお名前へ傷がつきかねませぬ。ここは……」

松平伊豆守は、阿部豊後守と練っていた策を告げた。

「祭りあげて、飾りものとするか。おもしろいの。躬《み》をそうするつもりだった大炊頭が……」

家光が暗い笑いを浮かべた。

「では、そのように」

松平伊豆守が平伏した。

同年十一月七日、土井大炊頭は長年の功績はなはだしく、格別の思《おぼ》し召しをもって大老となすと家光から命じられ、御用部屋を追われた。

「大老だと。なにが非常のことに備えよだ」

土井大炊頭が憤慨した。非常のことに備えるとは、日常なにもするなとの意味であった。

「尻を光らせて出世した分際で……」

これが松平伊豆守たちの策謀であり、その裏に信之がいることを見抜けない土井大炊頭ではなかった。しかし、将軍の口から出たかぎり、さからうことはできなかった。

「かならず余を排したことがたたる。伊豆や豊後では、要になるだけの素養がない」

土井大炊頭は歯がみをした。

「これというのも、真田が矛組を伊豆守へ売ったからじゃ」

憎々しげに吐き捨てた土井大炊頭は、血走った目で宙をにらんだ。

「真田の守り、斬馬衆め。たかが陪臣一人に余の策が負けたというならば、斬馬衆を崩すだけよ。自らの盾が敵にまわる日を、真田め思い知れ」

土井大炊頭が手をたたいた。

「お呼びでございましょうか」

家臣が平伏した。

「御家人森本一右衛門を呼べ」

冷たい声で土井大炊頭が命じた。

数カ月後、仁旗伊織は、間に立つ人があって剣道場の弟弟子である森本冴葉と婚姻した。

「めでたいの」

披露の席には、信之も顔を出した。

「祝代わりじゃ、三十石くれてやる」

褒美も兼ねての増禄であった。

「斬馬衆は、真田にとって盾である。早く立派な子をもうけよ」

そう言って信之は座をあとにした。

「殿」

供をしていた飯篠新無斉が、仁旗家を出てから声をかけた。

「しつこいの、土井大炊頭も。見たか、あの花嫁の辛そうな顔を。実家を人質に取られたようなものだからの。聞けば、花嫁は伊織を好いておったというではないか」

信之が嘆息した。嫁入りの話が持ちこまれたとき、信之は神祇衆を使って冴葉のことをしらべあげていた。

「草として娘を入れてくるなど……」

女が草である場合、生まれた子供もそうなる。いや、そう教育されていくのだ。

「本陣を守る斬馬衆が、いずれ幕府の草となるか」

「こちらが気づいていないと思っておるのでしょうか」

飯篠新無斉があきれた。

「わかってやっておるのだ。大炊頭めは。家中を信じられなくなるようにとな。不審を抱えた家はもろい。もっとも仁旗の家へ目を集めておいて、他から手出しをしてくるつもりかも知れぬ」

「念のため仁旗の家は、霞に見張らせまする」

「かわいそうなことをするの。霞も仁旗を気に入っておったのであろう」

「神祇衆は、戸隠の巫女でございまする。生涯男を知らずして当然」

信之の気遣いへ、飯篠新無斉が首を振った。

「しかし、仁旗の子供が草となるには二十年以上かかりますぞ。生きては居ませんでしょうに、気の長いことでございますな、大炊頭は」

「妄執じゃな。もっとも、余も同じよ。なんとかして真田を残さねばならぬとの想いに囚《とら》われておる。このような辛さを背負うよりは、関ヶ原で父とともに散ったほうがましであった。もっともそうなれば、幸村が苦労することになるか」

「殿……」

足を止めて信之が空を仰いだ。

「死ぬとわかっているからこそ、人は未練を持つのかも知れぬな」

信之がつぶやいた。

明暦二年（一六五六）、ようやく隠居した信之から松代藩を受け継いだ信政だったが、わずか二年で病死した。信之から家督とともに譲られた秘事の重さに耐えきれなかったのである。信政より先に信吉の嫡男熊之助が死去していたこともあって、このあと真田家では、お家騒動が起こった。酒井雅楽頭忠清の後押しを受けた信吉の次男真田信利が、幕府の祖法に従って嫡流こそ本藩の主となるべきと幕府へ訴えたのだ。一時は松代真田家の存続も危ぶまれたが、松平伊豆守らによって信政の子幸道へ相続が認められ、ことなきをえた。もっとも幸道はまだ二歳であったため、幕府は隠居していた信之を後見に指名、信之は藩政へ復帰せざるをえなくなった。だが、その後も続いた身も心も削るような骨肉の争いは、信之の寿命を縮め、万治元年（一六五八）十月、信之もこの世を去った。享年九十三歳。

重鎮を失った真田本家は分家を抑えることができず、ここに沼田真田家は、三万石の大名として独立した。

仁旗家についてはなにも伝わっていない。ただ、明治維新を迎えたとき、真田家に斬馬衆という役目は残っていなかった。

本書は２０１０年４月徳間書店より刊行されたものの新装版です。

徳間文庫

斬馬衆お止め記[下]

破《は》矛《ぼう》

〈新装版〉

2018年2月15日 初刷

著者 上《うえ》田《だ》秀《ひで》人《と》

発行者 平野健一

発行所 株式会社徳間書店

東京都品川区上大崎三―一―一 〒141―8202

目黒セントラルスクエア

電話 編集〇三(五四〇三)四三四九

販売〇四八(四五一)五九六〇

振替 〇〇一四〇―〇―四四三九二

印刷 製本 株式会社廣済堂

ISBN978-4-19-894308-0 (乱丁、落丁本はお取りかえいたします)